# 生贄乙女の婚礼

## 龍神様に食べられたいのに愛されています。

唐澤和希

富士見L文庫

# もくじ

プロローグ　5
第一章　生贄花嫁は食べられたい　24
第二章　食べられたいので好みを知りたい　58
第三章　食べられたかったけど実家に帰る　121
第四章　食べられたくないのに壺は囁く　181
第五章　生贄花嫁はやっぱり食べられたい　205
第六章　あなたのためなら食べられても構わない　246
エピローグ　267

# 生贄乙女の婚礼 ● 登場人物

**如月千代**（きさらぎちよ）

生贄として神に食べられる
さだめを負った少女。

**銀嶺**（ぎんれい）

誰もが恐れる荒ぶる神
という噂の龍神。

**琥珀**（こはく）
銀嶺の式神。

**如月万里子**（きさらぎまりこ）
千代の従姉妹。

**如月蘭子**（きさらぎらんこ）
千代の叔母。

**如月正雄**（きさらぎまさお）
千代の叔父。

**花京院忠勝**（かきょういんただかつ）
如月家の本家である
花京院家の次期当主。

**如月柊**（きさらぎしゅう）
千代の弟。

イラスト：桜花 舞

# プロローグ

（神様に食べられるって、どんな気持ちなのかしら）

神の住まう山間の屋敷にて、藺草の匂いのする真新しい畳に額ずきながら白無垢姿の如月千代はそんなことを思った。

十八歳となった千代は、誰もが恐れる『荒御魂の神』の生贄花嫁に選ばれた。

『荒御魂の神』の生贄に選ばれた者は、生贄として捧げられたその場で神の糧として食べられる。

千代が捧げられる神は、千代も暮らしている荒川流域一帯を治める龍神であり、荒御魂の神。千代はこれから食われて死ぬ運命が決まっていた。

（とうとう、来た……龍神様だ）

どのくらい待ったのか、しばらくして微かに足音が聞こえてきた。

気づけば床についた手が震えていた。それは余寒の厳しさからくる震えだけではない。

一歩一歩確実に近づいているこの足音が目の前に響いた時、おそらく千代はこの世にいないだろう。バリバリと食べられているはずだから。

千代は、震える手で花嫁衣装である白無垢の帯に触れる。ここには、神の力を封じる毒薬を隠している。これだけが、千代の唯一の希望。

すーっと戸が開く音がした。

すると、誰かの、おそらく龍神の息をのむような音が微かに聞こえる。

そして、ばたばたと慌ただしい足音が響いた。

千代という餌を見つけて、龍神がたまらず駆けだしたのだろうか。

千代は、恐怖できゅっと口を引き結んだ。

「……何故、顔を伏せている？」

想像以上に若い男の声が聞こえてきた。あまり抑揚はないが、その声に戸惑いの響きが聞き取れた。

しかし、千代にはどうして龍神らしき人が戸惑っているのか、よく分からない。

顔を伏せたまま何と答えればいいか迷っていると、目の前にいる何者かが焦れたように、千代の肩に触れ、無理やりに顔を上げさせた。

「大丈夫か？　どこか苦しいところがあるのか？」

美しいがどこか冷たい印象を受ける男の声に、切羽詰まったような焦りがのる。顔をあげさせられた千代は、その声の主と強制的に目が合った。

　人の姿をしていた。

　龍神は、黒い鱗を持つ大蛇が本来の姿であるが、人に化けることもできるという話を聞いていたので、それについてはそれほど驚かなかった。

　だが、あまりにも美しすぎた。

　薄明かりの中でも輝きを放つ銀の髪。涼しげな目元には、宝石のような黄緑色の瞳が輝いている。すっと整った鼻梁に、流麗な眉毛。まるで芸術品のような顔。

　そして屈んでいてもわかる身長の高さ。亀甲柄の藍色の着物に光沢のある白い帯を締め、着物と同じ柄の羽織をスラリと着こなしていた。

「……風邪でもひいているのか？　それとも怪我を……？」

　何も答えられない千代だったが、冷静そうに見えた龍神の顔にどんどん焦りの色が出てくる。あまりにも必死に聞いてくるので、千代は混乱した。

　何故龍神が、千代の体調を気遣うそぶりをするのだろうか。

　人がいたらすぐに喰らいつくのではなかったのか。

（もしかして、私が生贄花嫁だと気づいていないのかしら？）

　そうだとしたら非常に困る。

千代は、龍神の力を封じるための特別な毒を持ってこの場にやってきていた。千代とともにその毒を食わせることで、龍神の力を封じるのだ。

力を封じられた龍神は、ただの蛇に取って代わるだろう。

(龍神様には申し訳ないけれど、力を失って神の座を退いていただかなくては。そうしなければ、弟も五年後には私と同じように生贄花嫁として捧げられてしまう)

神の生贄に選ばれるのは、霊力を持つ『神仕族(しんしぞく)』の人間で、十八歳以上の者と契約で決められており、性別問わず神に捧げられた者は『生贄花嫁』と呼ばれる。

今年、十八歳になったばかりの千代は、叔父一家から売られるようにして生贄花嫁に選ばれたのだ。そして弟も、十八になったら同じように龍神の生贄花嫁になることがすでに決まっている。

両親を早くに亡くし、千代の家族と言えるのはこの弟・柊(しゅう)だけだ。柊だけはどうしても守りたかった。

「あの……私は、如月千代と申します。生贄に選ばれた花嫁です」

「ああ、そうだな。それより体調は大丈夫なのか?」

「体調は、別に……それよりも、私、生贄花嫁なんですけども?」

焦りながらももう一度生贄花嫁であることを主張してみる。しかし龍神ときたら、ああ知っていると答えるだけで食べようとしてくれない上に、「風邪か？　病か？」などとしつこいくらいに体調を心配してくる。

（な、なんで食べてくれないの？　私なんかの体調のことばかり気にして……）

　ここまで考えて、千代はハッと気づいた。

（もしかして体調不良の人間なんて食べたくないから……!?）

龍神がしきりに千代の体調を気にするのは、病を持った人間を食べたくないからではなかろうか。

　どうせ食べるのなら、元気で健康的な餌のほうがいいに決まっている。

「あ、もう、体調についてはすこぶる元気です！　風邪なんてひいておりません！　健康そのものです！」

　千代は、胸を張って健康的であることを伝えると、龍神は破顔した。

「そうか……それは良かった」

　一見すればどこか冷たい印象を持つ美貌が、優しく笑みで崩れる。

（良かった。龍神様ったら、健康な餌だと解って（わか）あんなに安堵（あんど）した笑みを浮かべていらっしゃる。よし、あとは食べられるだけだわ）

最初はどうなることかと思ったが、どうにか軌道修正できたようだ。千代が目を瞑（つぶ）って、終わりの時を待っていると……。

「目を瞑ってどうしたのだ？　眠いのか？」

いや、眠いわけではない。

千代は思わず肩からずるりと崩れ落ちそうになった。

「眠くなるのも分かる。ここまで来るのは大変だったろう。そなたのために新しい寝床を用意しているから疲れたならばいつでも言ってくれ」

千代がいぶかしんでいる間にも、龍神はどこかずれた話を続けている。ちょっと我慢ならなくなった千代は、バッと顔を上げた。

「あの私、先ほども申しましたが、生贄に選ばれた者です！」

「知っている。千代と、ずっとこうやって会いたかったのだ」

龍神はそう言うとふっと蕩けたような笑みを浮かべた。

思わず息が詰まった。その美しさ故か、それともただの戸惑いか、千代には分からない。ただ分かることはこのまま彼の笑顔を見ていたら、千代のなかの決心が鈍ってしまいそうだということ。

千代は、どうにか目を逸らした。

（だめ。龍神様の力を封じて、それで、弟を助けないと……）

千代が心の中で言い聞かせていると、冷たい手が頬に添えられそのまま真正面をむかされた。たった今どうにかして目を逸らすことに成功した龍神様の美しい顔が、先ほどよりも近い距離で目の前にあった。

「どうしたのだ？　顔色が悪いぞ。やはりどこか不調があるのではないか？」

「ありません！」

もう限界だった。乱暴に胸元に両手を押し当てて、距離をとった。これ以上彼と接していたら確実に千代の決心が鈍る。

龍神に対してあまりにも無礼な振る舞いだとは思うが、別に怒らせたところでなんだというのだ。怒らせても怒らせなくても、食べられるということに変わりはないはずだ。

改めて龍神の様子を見ると、千代に距離をとられたことに傷ついたのか、どことなく悲しそうな顔をしている。

（なんで……そんな顔を……）

龍神の傷ついたような顔を見て、千代の胸が小さく痛む。しかしその痛みを誤魔化すように、己の拳を強く握った。

「あ、あの、私、とっても健康な、生贄花嫁……なんです！　ですから、その……食べないのですか？　私のこと」

困惑したような顔をする龍神。困惑しているのは私の方だと千代は叫びたくなった。

しばらく怪訝そうな顔をしていた龍神だったが、何故か途中で顔を真っ赤にさせた。そして消え入りそうな声を出す。

「ま、まさか、その、食べると言うのは、せ、性的な意味でということ、だろうか？」

吃りながらそう尋ねる龍神に、焦ったのは千代だ。思ってもみなかった方向に話が進んでいて、慌てて首を振る。

「違います！　食事的な意味です！」

食べられる覚悟はしてきていたが、そういう覚悟はしていない。

「違ったのか……」

どこか意気消沈している様子の龍神に、千代の戸惑いがますます大きくなっていく。

（なんだか、思っていたのと違う……）

人々から黒龍様やら龍神様などと呼ばれているが、実を言えば、ただの黒蛇の大妖だ。

本来なら人の宿敵で倒されるべき大妖だが、あまりにも強いためになす術がなく、神として奉るしかなかったのだ。そうして黒蛇の大妖は、荒御魂の龍神となった。

人々にとって、龍神は敬うことで雑多な妖から守ってくれる相手である一方、いつ牙を剝くかわからない恐れの対象でもあった。

目の前の神として奉られた黒龍は、幾度となく人を襲っている。捧げられる生贄が足らぬと言って暴れることもあれば、時には特に理由もなく気まぐれに人を襲うこともあったと聞いている。

だからこそ、もっと冷酷で、残忍で、悪辣な何かなのだと思っていた。

こんなふうに、千代の言葉一つで顔色を変えるような神だなんて、想像すらしていない。

千代は、無意識に帯のところに手を置いた。神をも殺せる毒。幼い頃に母から教わった、母方の一族の女にしか作れない特別な毒。この毒は、千代とともに食べられることで龍神の力を封じることができる。

「千代、実は話しておきたいことが」

「どうして！　どうして食べてくださらないのですか!?」

龍神が何事か話そうとしていたが、千代はそれに気づかず声を荒らげた。

強い覚悟をしてここまできたのに、上手くいかない。そのことが、千代から冷静さを奪っていた。

あまりの千代の剣幕に、龍神は驚いたように目を見開く。そして気遣うように口を開いた。

「その、そなたは私に食べてほしいのか？　食事的な意味で？」

「その通りです」

千代がそう返すと、龍神は不思議そうに眉根を寄せる。

（あ、大変。変だと、思われている……？）

しかし、冷静になって考えれば、自ら食べて欲しいと言ってくる生贄は、おかしいのかもしれない。

ひやりと背中に汗をかいた。もし、千代の思惑に気づかれたら龍神の力を封じることはできない。必死になって言い訳を探す。

「その、私、強い人が、ではなくて強い神様が好きで！　ずっと龍神様のことをお慕いしていたのです！　ですから、龍神様の力の一部になれるのでしたら、本望と言いますか……！」

思わずそう口に出してみたが、さすがに言い訳が苦しい気がした。だが、千代はもともと口が達者な方ではない。これが限界だった。

「強いものが好き？　ずっと、龍神を慕って、いた……？」

愕然（がくぜん）とした表情でうわ言のように龍神が呟（つぶや）いた。

「え？　あ、はい……」

千代は戸惑いつつも頷く。すると龍神はさらにショックを受けたようで、今にも倒れそうに後ろに下がった。

(信じてはくれたみたいだけれど、どうしたのかしら、なんだか、様子が……。いえ、それよりも、早く食べてほしい。そうしないと、弟が……)

千代は戸惑いを呑み込んで、クッと顔を上げた。

「ですからその、私のことはバクッと食べて欲しいのです！　お願いします！」

そう言って、千代はさあどうぞとばかりに両手を開いて差し出した。

「そんな、食べろと言われても……ん？」

龍神は困ったような顔をしたが、差し出された千代の指先を見て顔色を変えた。

素早く千代の手を取ると、痛ましげに皹のできた指先を見る。

叔父一家から押し付けられた家事労働を一手に引き受けているため、千代の手はいつも荒れている。千代は自分の手が嫌いだった。誰にも大事にされていない証のように思えてしまうから。

千代は、咄嗟に手を引っ込めようとした。だが龍神はそれを許さない。労るように千代の手を己の手で包み込む。

何故か、妙に気恥ずかしい。

龍神は、我が事のように悲しそうな顔をしてそう口にする。

「……いえ、別に」

「いや、痛いに決まっている」

龍神は、そう言って、千代の手を優しくなでる。

まるで宝物にでも触れるような優しい手つき。龍神の手から優しい温かさが千代の手に移っていく。

懐かしい感覚だった。幼い頃、両親がよく手を繋いでくれた。温かな手で、千代の小さな手をしっかりと握ってくれていた。

懐かしい記憶にぼんやりとしていると、龍神の口からそう冷たい声が漏れてびくりと肩を揺らした。

「……許せない」

龍神の顔を見れば、冷たい美貌に怒りを滲ませている。

(許せないって……何を?)

何か怒らせるようなことをしてしまっただろうか。だが理由を聞くに聞けない。龍神の怒りが、あまりにも美しく、恐ろしすぎて。

「千代の美しい手をこれほどに痛めつけたあの家の者たちが許せない」

「え……家の？」

想像すらしていなかった話になった。

「ああ、そうだ。あの家の者たちときたら、千代を利用するだけ利用し、虐げるだけ虐げた。使用人に至るまで千代が困っていても見て見ぬ振りだ。千代によくもあのような仕打ちを……」

家の悪態をつく龍神に、千代は思わず目を丸くした。

どうして知っているのだろう。神の御業なのか、龍神が言ったことは事実だった。

十年前、千代と柊の実の両親は、幼い柊と千代を残して亡くなった。馬車で移動中に崖から転落しての事故だと聞いている。

それで千代たちを引き取ったのが、父方の叔父夫婦だ。

叔父夫婦には一人娘がおり、その娘のことは人一倍可愛がっていたが、千代と柊に対してはひどく冷たかった。

如月家は、かつて神と契約を交わした五人の偉大なる術師の一人を始祖とする、花京院家の分家の分家のまた分家ではあるが、一応『神仕族』。名家の端くれだ。

両親が生きていた頃、千代は蝶よ花よと大切に育てられてきたが、叔父一家に引き取られてからは使用人のように、いや、それよりもひどい扱いを受けて過ごす日々。

食事もまともなものを与えられず、野菜の切れ端をこっそりと盗み、おひつに残った米粒をこそげ落とすようにしてかき集め、おかずの載っていた皿に残った僅かな塩っけをなめるようにして食べて弟とともに飢えを凌(しの)いだ。

服に至ってもろくなものは与えられず、たまに捨てられている布の切れ端を集めて服として仕立て上げたような襤褸(ぼろ)ばかり。

そんなあまりにも不憫(ふびん)な千代と柊の生活を見兼ねて、かつては使用人たちが食料をわけてくれることもあった。だが、叔父一家に見つかって、分け与えようとしてくれた使用人が酷(ひど)い折檻(せっかん)を受けた。それからは誰も千代たちに関わろうともしなかったし、千代も距離を置くようにしていた。

『この穀潰(ごくつぶ)しが』

『ほんと、あんたって惨めねえ』

『いやだわ。うすのろって本当に臭い。空気が汚れるから呼吸しないでくれる？』

叔父一家は、目が合えば千代たちを蔑み、罵倒し、時には鞭(むち)で打った。

引き取られる前は、叔父一家も優しかった。少なくとも千代には優しく見えた。

両親亡き後、それなりに霊力の高かった千代と柊は、他の神仕族から養子にしたいといくつか誘われていて、叔父もその一人だった。

『神仕族』とは神に仕えるために存在する一族で、特別に高貴とされる上流階級の家柄の者たちのことを言う。

その神仕族の中でも叔父夫婦が、誰よりも熱心に養子にならないかと千代たちに声をかけ、親身になってくれて、誰よりも両親の死を悲しんでくれたように見えた。だから、一番親族として血が近いこともあり、叔父の養子になったのだ。

だが、叔父の申し出を受け入れた途端に彼らの態度が急変した。

要するに叔父は、千代たちの両親の遺産が欲しいばかりに声をかけていたにすぎなかったのだ。実際、千代たちが住んでいた屋敷（やしき）も財産も、何もかもを叔父に奪われた。

そして十年間虐げた挙げ句、もう千代たちは用済みとばかりに荒御魂の神の生贄花嫁にした。荒御魂の神に生贄を出した家には、国から莫大（ばくだい）な報奨金が出る。叔父たちは、生贄に出せば千代が食べられると分かったうえで、報奨金目当てで生贄に差し出した。

「よし、あの一家、使用人に至るまで一族郎党滅ぼそう」

昔を思い出してぼうっとしていた千代の頭上から、不穏な単語が聞こえてきた。

「え……？　滅ぼす？」

「そうだ。あの家の奴らは許せない。滅ぼそう」

淡々と告げられた。

あまりにも現実味がなく、千代はポカンと口を開く。

そして家での生活のことを思った。確かにいい思い出はない。

だが……。

「えっと、ちょ、ちょっと！ 待ってください！ ほ、滅ぼす？ どうして、そんな……」

あそこにはいい思い出はないが、大切な弟がいる。それに、使用人にも確かに見て見ぬ振りをされてはいたが、それも仕方ないこと。主人である叔父に逆らえるわけがないのだから当然だ。

「そなたを大切にしなかった報いだ」

当たり前だろう？ とでも言いたげな平然とした顔で龍神はそう告げる。

(それは、まあ叔父夫婦は憎いけど)

心の中で、千代は素直に認めた。叔父夫婦は憎い。

家事や力仕事を押し付けられることはいいが、千代の親の悪口を平気で言うところが何よりも許せない。

千代が失敗すると、必ず親のことを言われた。あの親だからグズなのだと。千代の失敗は全て親のせいだと罵られるのだ。

それが許せなかった。でも、千代には怒る権利なんてなかった。いや違う、怒ったとしても、何も変わらない。生意気だと言われて、ときには鞭などで叩かれる。そしてその矛先が弟に向かうかもしれない。そう思うと何もできなくて、ボロボロになるまで耐えた。

憎いに、決まっている。

だが、あの家には大切な弟がいる。ひどい養父母だとは思うが、彼らがいなくなった後はどうなる？

「お、おやめくださいませ。どうして滅ぼすなど。私が花嫁ではご不満ですか？」

千代がそう尋ねると、龍神が目を見開く。

「不満などありはしない。だが、あの家がそなたに与えた仕打ち……憎くないというのか？」

龍神の怯んだような声。畳み掛けるように千代は口を開く。

「憎む憎まないの問題ではないのです。私は生贄花嫁。ただ、龍神様に食べてほしいだけなのです」

「何故、そんな……」

どこか傷ついたような龍神の表情を見ていられなくて、千代は視線を逸らして顔を俯けた。そんな千代の頭に、龍神の声がかかる。

「それほどまでに、愛しているというのか？　今すぐ食べられたいくらいに？」

龍神に食べられたい理由が龍神を愛しているからだと言った千代の出まかせを、どうやら信じているようだった。

千代は後ろめたい気持ちを押し込めて、龍神の問いに力なく頷く。

しばらくの沈黙。最初に破ったのは、龍神だった。

「そうか……。だが……今日は疲れただろう、ゆっくり休め。この屋敷にある部屋は好きに使っていい」

抑揚のない声で龍神がそう言うと、さっと戸口のところまで歩いて行った。

「そんな……！　食べてくださらないのですか⁉」

思わず顔を上げて千代がそう言い募るが、龍神は振り返りもせずに戸を閉めた。

部屋にはまた一人、千代だけが残される。

何故、食べてくれなかったのか。

そのことで頭がいっぱいになって混乱していた千代は、気づかなかった。

戸を閉めたその先で、「死にたくないと言ったのは、千代、そなただったではないか」

と、龍神が切なげに呟いていたことに。

# 第一章　生贄花嫁は食べられたい

　かつて人々は妖(あやかし)と呼ばれる異形の者たちの存在に悩まされていた。

至る所に大小さまざまな妖が跋扈(ばっこ)し、人々の生活を安寧から遠ざける。

　そこで平安(へいあん)の世において最高の霊術師と言われた五人の術者たちは、とある奇策を用いることにした。

　妖たちと『天神(てんじん)契約』を交わしたのだ。それは、江戸(えど)が終わり、明治(めいじ)を迎え、大正(たいしょう)に至る今にまで続いている妖たちを神に祭り上げて守り神とする契約だ。

　力の強い妖は、知性を持っている。そんな妖たちを『神』として崇(あが)め、生贄を捧(ささ)げることで他の弱く粗暴な妖から人々の生活を守ってもらうのだ。

　人と契約を交わしている神には、和御魂(にぎみたま)の神々と、荒御魂の神々がいる。和御魂の神は、慈悲深く理性に富んだ神。和御魂の神に捧げられた生贄は、男女関係なく『花嫁』と呼ばれ、いたく大切に扱われる。和御魂の神の生贄に捧げられることは、誰もが思い描く幸福そのもので、憧れだった。

一方、気性が激しく、残虐な面が目立つ神のことを荒御魂の神と言う。荒御魂の神の生贄に選ばれた者は、その場で神の糧となる。つまり、食べられてしまうのだ。

そして、神仕族の名門、花京院（かきょういん）家の分家の分家のそのまた分家である如月（きさらぎ）家の娘・千代（ちよ）は、残忍で冷酷なことで有名な荒御魂の龍神の生贄花嫁に選ばれた。

つまり、千代は生きたまま荒御魂の龍神に食べられてしまう運命……のはずだった。

「本当に、なんで食べてくれなかったのかしら……」

鏡台の前で身支度を整えていた千代は思わず鏡に映った自身に向かって、そうこぼした。

神の力を封じる毒を持ってきた千代は、己の身を食われることで、龍神に一矢を報いるつもりだったのだ。だというのに、いまだ千代は食べられていない。

（お母様の残してくれた手記さえあれば、他に力を封じる方法があったのかもしれないけれど……）

千代の母は、霊術師のなかでも毒花（どくばな）の一族と言われ、神の力さえも封じる毒を作れる一族。幼い頃にその秘術を教えてもらったが、全てを教わり切る前に母は亡くなった。

何かがあった時のためにと母が残してくれたはずの手記もどこかに消え、両親亡き後、叔父一家のものとなった屋敷中をくまなく捜しても見つからなかった。

千代が辛（かろ）うじて知っていたのは、簡単な毒の作り方と、その毒と自らの生き血を飲ませることで神の力を封じることができるということだけ。

現状、千代が龍神の力を封じるためには、毒と共に食われるぐらいしかないのだ。

そして千代は神の力を封じるために決死の覚悟で生贄に捧げられたというのに、なぜか食べられなかった。

「昨日はそのことに動転して、龍神様に言われるがまま、屋敷にそのまま泊まってしまうし……」

などとブツブツこぼして、横目で布団を……ふっかふかの布団を見る。

叔父夫婦に預けられてからというもの、固い床の上に薄い布を敷いただけの場所で弟とともに丸くなって寝ていた千代。

それが突然、埃っぽくない綺麗な部屋で、清潔な服を与えられ、やわらかな寝床が準備されていたのだ。秒で眠りに落ちた。

「一体、どうしてこんなことに……。こんなふかふかな布団に私を眠らせて、どういうつもりなのかしら……」

ふかふかの布団の効果ですっかり熟睡してしまった千代の朝の目覚めは最高だった。が、昨日のことを思い出して思わずくらりとめまいを覚える。

食べられなかった原因を探すために、千代は鏡台に向き直った。

鏡の中には貧相な娘がいた。身体（からだ）はやせ細り、髪につやが全くない。無駄に伸ばした手入れのまったくされていない黒髪が、ぼさぼさと広がっている。

顔色は、久しぶりの熟睡で多少は良いと言えるかもしれないが、そもそもとが悪かったので、良いとは言えないし、頬はこけて、肌も乾燥しひどく荒れている。

千代は頬に指をのせた。荒れた指が置かれた途端、頬にガサリというような不快な感触がして、慌てて指先を見る。毎日、水仕事を押し付けられていた千代の指は当然荒れている。皮がむけ、赤く硬くなり、切り傷のような痛々しい跡も……。

今まで叔父夫婦にひどい扱いを受けていたので、見た目を気にする余裕もなかったから当然ではあるが。

「今良いか？」

戸の向こうから声がかかる。

低くて美しい声。昨日聞いた、龍神の声だ。

「は、はい。どうぞお入りください」

千代は、改めて床に座りなおし、三つ指を付けて頭を下げた。

すっと戸の開く音が聞こえると。

「どうしたのだ？　やはり体調が悪いのか？」

何故（なぜ）、そのようなことを聞くのだろうか。千代は、思わず顔を上げて龍神を見る。

「いいえ、そのようなことはありませんが、体調が悪く見えますか？」

「いや、うずくまっているから……」

「あの、これは、うずくまっているのではなく、龍神様を迎え入れるために、ご挨拶を……」

千代の返答に、今度は龍神が目を見開いた。

「挨拶……？　そんなふうに挨拶するのか？　挨拶というのは笑顔を向けておはようと、それだけのはずだろう？」

「えっと……それは……確かにごくごく親しい者には、そうですが……龍神様を相手にそのような無礼なことはできかねます」

逆に神に向かって笑って『おはよう』の挨拶で済ませる存在がいることに、千代は驚かされる。

「そう、なのか……？」

どこか、がっかりしたような声。声も表情もあまり動かないのに、何故か龍神が抱く感情は分かりやすい。

人間離れした美貌と、たまに見せる幼い少年のような一面が、チグハグに感じられて、でもそれがとても可愛らしい。

そんなことを思って思わず微笑んでしまってから、千代はハッと息をのんだ。

可愛いなどと思っている場合ではないのだ。千代は、早々に龍神に食べられなければならない。

「……そなたは、挨拶でそのようにうずくまらなくていい」

「しかし、龍神様……」

「それと、私のことは、銀嶺と呼んでくれ」

思わぬことを言われて千代は顔をあげた。

「……!? そんな、恐れ多くも龍神様の御名を口にするなど」

「銀嶺と。そなたにはそう呼んでほしい」

有無を言わせぬ強い口調。そう言わないならば許さないと言いたげな強い瞳が千代にぶつかる。それに逆らうことなどできるはずもなく、千代はやむを得ず頷いた。

「そこまで、仰せになるのでしたら……銀嶺、様」

「様もいらないが……まあ、いい」

満足そうに微笑む銀嶺があまりにも美しくて、千代はまじまじと見てしまった。

また、千代の決意が揺らいでいく。目の前の彼を知れば知るほど、荒御魂の神に手を掛けようとしていた自分の気持ちが、薄らいでいく。

目の前にいる龍神が、荒御魂というのは嘘(うそ)なのではないか。そんな願望にも近い妄想が、一瞬頭によぎったが、そんなことはあり得ないのだ。龍神はかねて荒御魂としてその悪名を轟(とどろ)かせている。

「そうだ。そなたの生活を助ける者が必要だろう」

話題を変えるようにして銀嶺がそう言う。千代は首を傾(かし)げた。

「生活を助ける者、ですか？」

「うむ。私の眷属(けんぞく)を付けよう。少し待っていてくれ」

そう言って、銀嶺は頭から髪を一本引き抜く。

そしてふうと息を吹いてその髪を飛ばした。ただの銀の髪と思われたそれは、銀嶺に息を吹きかけられると女性の形を成した。白い水干(すいかん)に赤い袴(はかま)という白拍子のような恰好(かっこう)をした大人の女性だ。

白拍子の女性は、銀嶺を前にして膝を折って頭を下げる。

「主様(あるじさま)。いかがなさいましたか」

澄んだ声でそう声を掛けた女性の髪の毛も、銀嶺と同じ銀髪だった。

（すごい。さすがは銀嶺様。髪の毛一本で、これほどまでの眷属をお創りになられるなん

て）

神の御業に、千代は思わず目を見張る。

千代は、霊術を使う神仕族の下っ端ではあるが、それでも神仕族。神仕族の高名な霊術師の中には髪を用いて人の姿などを作る式神という技があることも知っている。

しかし、ひとりでにしゃべる式神などはそう簡単に作れない。だが、銀嶺はそれをたやすく成し遂げていた。

「お前には、そこにいる千代の世話を任せる。これからは彼女こそがそなたの主だ。わかったな？」

「千代様……？」

そう言って、白拍子の女性は千代を振り返る。

改めて見る眷属の女性の美しさに、千代の心臓が跳ねた。

深い海のような濃青色の瞳が千代を見定めているような気がして、なんとなく気が引ける。なんといっても彼女は美しいのだ。それこそ、そこにいる銀嶺に引けを取らぬ美しさがあった。

銀嶺に仕えられると思ってやってきたというのに、いきなり千代を主として仰げなどと言われ、きっと不快に思っていることだろう。

なにせ千代はあまりにもみすぼらしい。肌は荒れ果て、髪にも艶がない。そんな千代に仕えたいと思う者などいないはずだ。

「ま、待ってくださいませ。銀嶺様、私は自分のことぐらいは自分で」

「まあ！　まあ、まあ、まあ！　どなたが私の主様になられるのかと思っておりましたら、お母さまではありませんか！」

自分の世話ぐらいは自分でやれる。そう言おうとしていたのに、その言葉を白拍子の女性の嬉しそうな声で遮られた。顔も目も輝かせて喜んでいるように見える。

何故嬉しそうなのだろうという疑問がわきつつも、それ以上に先ほど聞こえてきた言葉の内容が気になり過ぎる。

「……え？　『お母さま』？」

千代は、まだ子供を産んだ覚えはない。しかもどう見ても、白拍子の女性のほうが年上に見える。

「はい！　そうですよ、お母さま。お会いできてうれしゅうございます」

胸の前に手を当てて心底嬉しそうにそう言う女性に、ますます千代は混乱した。

「お母さまというのは、その、私には覚えがないのですが……」

「え？　そうなのですか？　でも、お母さまは私のお母さまですよ。だってお母さまは

「……んん！」

何事か話そうとする女性の口を、途中で銀嶺が手でふさいだ。

「変なことを言うな」

恨めしそうに女性が銀嶺をにらみつける。

女性は、銀嶺の手を押し退けて口を開いた。

「まあ、変なことなど言っておりませんわ。失礼しちゃいますわ」

「なんだその口の聞き方は。お前は私の眷属だろう」

「まあ、横暴ですこと！　確かに私は龍神様の眷属ですが、龍神様が私の主様は千代様だとおっしゃったではありませんか。龍神様の言うことを聞く筋合いはありませんわ」

ふーんと言いながら、顔を背けた。千代から見るととても可愛らしい仕草だったが、銀嶺は息を吐き出した。

「まったく、相手をするだけで疲れる……」

そう言って首を振ると、今度は千代の方を見た。

「すまない。こんなやつで悪いが、そなたの付き人にしようと思っているのだが……」

「えっ……付き人ですか!?」

素っ頓狂な声になる。どうせ食べる生贄相手にどうしてわざわざ付き人などつけようなどと思ったのか。

「お母さま！　これからよろしくお願いしますわ！　私の名は、琥珀。琥珀と申しますわ。私のことは、気軽にハクちゃんとお呼びください」

ハクちゃん。その言葉に、千代はふと昔のことを思い出した。

『ハクちゃん、今日も来てくれたの？』

幼い千代がそう言って手を差し出せば、甘えるように小さな白蛇が千代の腕に巻き付いてきた。

小さな一匹の白い蛇。白いから『ハクちゃん』と勝手に名前をつけて可愛がっていた野良蛇だ。千代の唯一の友達。

両親を亡くして叔父一家に引き取られてから間もなくして出会った。血だらけの状態で、川のほとりに倒れていた。

このまま置いていってしまえば、おそらくこの白蛇は死んでしまう。そう思って千代が保護したのだ。

しばらくして白蛇の傷が癒えても、白蛇はちょくちょく千代のもとに来てくれた。

とても利口な蛇で、人の言葉を解しているような気がする時さえあった。時には、叔父に打たれて怪我した千代を心配したのか、白蛇は山の薬草を咥えてきてくれることもあった。

千代には大切な人が二人いる。一人は弟の柊。早くに親を亡くした弟にとって千代が親代わり。可愛らしく慕ってくれる弟を絶対に守ると誓って日々を生きてきた。弟がいるから、千代は頑張ってこれたのだ。

でも、千代とてまだ大人ではない。叔父一家からの罵詈雑言に、泣いてふさぎ込みたい時がある。とはいえ弟の前ではそんな弱々しい姿は見せられない。

泣きたくて弱音を吐きたいのに吐けない時に、いつもきてくれるのがその白蛇だった。

千代の大切な人の一人、いや、一匹。

白蛇は、ただただ静かに千代の話を聞いてくれる。弱音も、涙も、白蛇の前では全部出せた。白蛇は千代の流す涙を細くて小さな舌で舐めとってくれる。白蛇のそんな仕草に慰められ全てを吐き出して、そうして千代は十年にも及ぶ辛い生活に耐えることができた。

そう、白蛇は、千代にとって何でも話せる友達。

だけど、最後。あの時だけは違った。

十八歳になり、龍神の生贄に選ばれたと知らされた時、千代はあまりにも恐ろしくて白蛇に弱音を吐いた。死にたくないと、そうこぼした。すると白蛇は千代を噛んでどこかに行ってしまった。そしてそれが、白蛇との最後の別れになってしまった。

「……ハクちゃんはだめだ」

むっつりと怒っているような銀嶺の声に、ハッと千代は我に返った。

琥珀が自分のことを『ハクちゃん』と呼んでと言うものだから、思わずあの小さな白蛇のハクちゃんを思い出してぼーっとしてしまっていた。

「えー、いいじゃないですか！　ハクちゃん！　かわいい！　だいたいどうして龍神様がそんなことをおっしゃるんですか？」

「とにかく。だめなものはだめだ。ハクちゃんだけは許せぬ」

ぼうっとしていたら、いつの間にか銀嶺と琥珀が言い合いを始めている。

千代は少し迷ったが、自分の気持ちを伝えることにした。

「あの……私もできれば『ハクちゃん』ではなく、その、違う呼び方が良いかなと思います」

「あら？　どうしてでございますか？」

「その……知り合いがいるのです。ハクちゃんという……私の友達で」

「あら、そうなのですか。ならいいですわ。じゃあ私のことは、コハちゃんって呼んでくださいまし」

あっさりと引き下がってくれて、千代はほっと胸を撫で下ろす。

ふと、視線を感じて顔を上げれば、銀嶺が千代のことを見ていた。少し驚いているような、そんな顔をして。

「銀嶺様？　その、何かありましたか？」

「そなたの言うハク……いや……なんでもない」

銀嶺は何かを言おうとしたのを、途中で止めて口を片手で覆った。

何故か、うっすらと頬が赤い。

(照れていらっしゃる……？)

変なところで、変な反応をするものだと、千代は不思議そうに見ていると、銀嶺は咳払いをして口を開いた。

「ということで、こいつが、そなたの付き人になる。何か入用のものなどがあったらなんでもいえ。こいつが用意する」

「ちょっと！　こいつこいつ言わないで！　コハちゃんって呼んでって言いましたわよね!?」

「私は呼ぶつもりはない」

「何故ですか！　まったく！」

腕組みをして不満を表す琥珀。それに嫌そうに顔をしかめる銀嶺。

その様が、とてもおかしくて……。

「ふ、ふふふ」

千代の口から笑い声が噴き出す。口元を押さえてみたが、どうにも止まらない。

千代の反応に、銀嶺と琥珀がポカンとした顔をして千代を見る。その視線に気づいた千代が、ハッとして慌てて笑い声を止めた。あまりにもまじまじ見られて恥ずかしい。顔に熱が上るのがわかった。

「す、すみません。私ったら、笑ってしまうなんて……」

思わず俯(うつむ)く千代だった。

(でも、こんなふうに笑ったのは、いつ以来だろう)

両親が亡くなってからは、こんなふうに噴き出すように笑った記憶があまりない。いつも、弟だけは守ろうとそれだけを考えて必死で……。

ふと、千代の顎に銀嶺の手が添えられた。そしてそのまま顔を上に持ち上げられる。目の前に、嬉しそうに微笑(ほほえ)む銀嶺が目に入った。

「何、笑いたいのならもっと笑ってくれ。そなたは笑顔も良い」

甘く優しい声色でそう言われて、千代のどこかが痺(しび)れるような感覚がした。

この甘い熱に溺れてしまいたい衝動に駆られ、千代はハッと我に返る。

（だめ……。私が、ここにいるのは、生贄になって食べられるため。そして目の前のこの人を、神の座から引きずりおろさないといけないの）

緩みかけている気持ちを締め付けるように、千代は言い聞かせる。

どれほど優しく声をかけられたとしても、目の前のこの人は荒御魂の神なのだ。何度も人を食らってきた過去がある。

それに弟のためにも殺さなくてはいけない。

千代が神の力を封じることができれば、他の和御魂の神か、もしくは神仕族の中でも力の強い者が龍神を退治してくれる。

現在、龍神は、本州の中央を流れる荒川（あらかわ）の源流からほど近いところに屋敷（やしき）を構え、荒川流域一帯を治めているが、龍神が倒されればその土地は近隣を治める和御魂の神の管轄になるはずだ。そうなれば十八歳となった弟が捧（ささ）げられるのは和御魂の神だ。荒御魂の神ではなく、和御魂の神の花嫁となれる。そして、弟だけでも幸せに生きて欲しい。

「それでは、私はそろそろ出ていく。後のことは頼んだぞ」

銀嶺はそう言うと、千代から離れて障子の方に向かっていく。

銀嶺が離れたことで、千代はほっと安堵（あんど）のため息を吐き出した。

すると琥珀が、「さーて、まずは朝ごはんかしら。それから……」と言って、まじまじと千代を見る。そして目を細めてニヤリと笑みをこぼした。

「お肌の大改革ですわよ。ふふふ、腕がなりますわね！」

「お、お肌の、大改革……？」

聞きなれない単語に、なんとなく恐怖を覚える。いっぽう琥珀は心底楽しそうだった。

「そうですわ。お手を貸してくださいませ」

琥珀はそういうと、千代の手をとった。

皹の目立つカサカサの手を見て、琥珀がいたわしそうに微笑む。

「今まで、頑張ってきていらっしゃった手ですわね。でも、頑張りすぎですわ。もうそろそろ休息をとっても良いでしょう？　龍神様からとっておきの軟膏を預かっておりますの。ひと塗りすれば、この手も、肌も唇も、髪だって、潤ってきますわ。そうですわ、綺麗なお着物だってこの屋敷にはたくさんありますのよ。たくさん、おしゃれいたしましょうね」

励ますように琥珀が言う。

おしゃれ。千代には縁遠い言葉だった。だけど千代とて年頃の娘である。その言葉で思わず気持ちが華やいでいく。

だが、ふと、疑問が浮かぶ。

「……私の肌を整えるように、銀嶺様に言われているのですか？」

「ええ、まあ、そうですわね。そういうのも含めて、お世話するようにと仰せつかっております」

琥珀の返答に、やっぱり、と千代は自嘲するような笑みを微かに浮かべる。

自身の立場も忘れて、『おしゃれ』と言う単語に一瞬でも喜んでしまった愚かな自分への笑み。これはオシャレなどではない。

（やはり、龍神様は、私があまりにも貧相で美味しくなさそうだから食べなかったのだわ。だから、こうやって手入れをして、それから食べようとなさるつもりなのね）

これから行われることは、龍神が快く食事をするための、下拵えなのだ。

昨日からの疑問がスッキリした。千代がそれなりにさえなれば、きっと銀嶺は千代を食べてくれるだろう。

（良かった。これで良かったのだわ）

食べてくれさえすれば、千代は本望なのだ。

そう、それでいい。

それでいいはずだ。

龍神の屋敷に住むようになって、一月が過ぎた。

特別な薬だという軟膏のおかげか、手荒れはすっかり治り、肌艶もいい。

髪には香りつきの椿油を用いて、毎朝琥珀が櫛ですいてくれて、今では陽光にあたればまるで磨かれた黒曜石のように煌めいていた。

「あーん、千代様、なんて美しいのかしら！　さすが私のお母様だわ！」

鏡に映る千代を一緒に見ながら、琥珀がはしゃいでそんなことを言う。

どうしてお母様と呼ぶのか何度か聞いたのだが『だって、私はお母様のおかげで産まれてきたのだもの』と言うばかりで的を射ず、千代は彼女の勘違いを正すことについてはすっかり諦めていた。

「琥珀さんのおかげです」

「もーう、コハちゃんと呼んでと言ってるのに」

琥珀から何度かコハちゃんと呼んでと言われていたが、千代はごめんなさいと一言謝って毎回その申し入れを断っていた。

そんな風に親しげに呼んでしまっては情が移ってしまう。それを懸念してのことだった。

だが、呼び方を硬くしたとて、何かにつけて世話を焼いてくれる琥珀に親しみを覚えないというのは、難しいが……。

（本当にこのままではだめだわ。早く食べてくれないと、私……）

龍神の力を封じられなくなる。

せめてもの抵抗として、何かと理由を作って極力銀嶺には会わないようにしていた。顔を見てしまうと、その度に千代の決意が揺らいでしまいそうだった。

でも、もうそろそろ良いかもしれない。

「今日は、銀嶺様はどちらに？　お会いできますでしょうか？」

決意を抱いてそう問うと、琥珀は嬉しそうに微笑んだ。

「あら、あら、あら！　千代様から龍神様にお会いしたがるなんて、珍しいことですわ！」

「ええ、その、琥珀さんのお手入れのおかげで、ずいぶんと体の調子も良いですし、その……おいしそうになったのではないかと思いまして」

肌も髪も、もうぱさぱさと乾いているところはない。体つきはさすがにまだほっそりとはしているがそれでも以前よりかは肉もついた。

そろそろ頃合いだろう。きっと食べてくれる。食べてくれないと困る。

「おいしそうだなんて～！　ふふ、千代様ったら、面白いことをおっしゃいますわね！　でも本当にお美しくなられましたわ。思わずうっとりしてしまうほどですのよ。それでは、私は龍神様に声をかけてまいります。千代様が会いたいと言っていると聞いたら、龍神様もきっとお喜びになりますわね！」

「そうでしょうか。もし、そうであるならうれしいのですが」

きっと以前よりもおいしそうになった千代を見て、喜んでくれる。そしてその勢いで本能のままにかぶりついてくれるだろう。

鏡に映る自分を改めて見て、拳を握る。

（今日こそ、決戦のときだわ）

神の力を封じる毒は、自分の手の中にある。

「琥珀から千代が会いたいと言っていると聞いて、来たのだが……」

恐る恐るといった様子で、銀嶺が尋ねてきた。

銀嶺と向かいあう形で座っていた千代は恭しく頭を下げる。

「銀嶺様、大変お待たせいたしました」

「待たせる？　いや、さほど待っていない。むしろ私がここに来るのを千代が待っていたような気がするが……」

「いえ、私はひと月もの間、銀嶺様を待たせておりましたでしょう？　でも、今こうやって、やっと銀嶺様の前に来ることができました。さあ、どうぞ」

そう言って、千代は堂々と胸を張って両手を広げた。どんとこいとでも言いそうな様子である。

しかし、相対する銀嶺には今一つ事情が呑み込めていないようだ。訝しげに眉根を寄せるばかり。

千代は少し挫けそうになったが、きっと目を吊り上げた。

「今の私は、いかがですか!?」

責め立てるようにそう言うと、銀嶺は目を見張る。そしてまじまじと千代を見てから、恥ずかしそうに視線を逸らした。

「……美しくなった。いいや、元から美しくはあったが、さらに……」

「そうでしょう!?　琥珀さんのおかげで、髪の毛も肌もツヤッツヤです！　今こそ、食べごろではありませんか!?」

「食べごろ……？」

何の話だと言うように微かに首を傾げ、そしてしばらくしてハッと目を見開いた。

「それはもしや、性的な意味のことか……!?」

「食事的な意味です！」

このやりとり前もやったのでは!?　と思いつつ千代は吠えついた。

「千代、食べてしまえば……そなたは死んでしまうのだぞ」

「承知の上です。前にも申し上げました。私は……龍神様の一部になれるのでしたら本望なのです」

「……それほど、慕っているのか？」

「え？」

なんの話かわからずそう聞き返すと、銀嶺は躊躇うように口を開く。

「初めに言っていただろう。龍神を、慕っていたのだと……」

銀嶺は小さくそうこぼす。

そのように説明していたことを思い出した千代は、「あ、はい、そうです」と相槌を打つと、銀嶺は重いため息を吐き出してから口を開いた。

「そうか。だが、悪いが、食べる気にはなれない」

食べる気になれない。銀嶺から言われた衝撃的な言葉に千代は目を丸くさせる。

「ど、どうして、ですか……!?　まだ、私がご不満なのですか!?」

「不満とかそういう話ではなく、私は……」

と何かを言おうとして、言えずに口をつぐむ。

そして、千代に顔を背けた。

「それに、私は少し前に血肉を口にしている。……それでも十分なのだ」

どこか申し訳なさそうに言う銀嶺の言葉に、千代は眉を吊り上げた。

(少し前に血肉を口に……？　それって、私という生贄がいながら他の人間を食べているということ……!?)

あまりのことに呆然としていると、銀嶺は立ち上がった。

「そろそろ部屋に戻る。今日は、一目でも会えて嬉しかった」

それだけ言うと銀嶺は去っていく。

千代は、止める言葉を見つけることもできず、ただただ呆然と見送ることしかできなかった。

どんよりとした気分で自室に戻る。部屋には、にこにこの琥珀が待っていたが、戻ってきた千代のどんよりぶりをみると目を丸くさせた。

「え!?　どうかなさいましたの!?」

「銀嶺様に、あまりお気に召していただけなかったみたいで……」

「え!?　ちょ!?　何がありましたの!?　龍神様がそのようにおっしゃいましたの!?」

「はい、その……私からお誘いしたのですが断られてしまいました」

さあ食べてと自分から言ったのに、結局銀嶺は食べてくれなかった。それほど千代に食べ物としての魅力がないということだろう。

気分が滅入って仕方がない。

千代の言葉に、琥珀は驚きのあまりますます目を見開いた。

「誘うってまさか……千代様が!? やだ、千代様って結構積極的ですわね!? でも、なんと言われて断られたのですか？」

「それが、気分じゃないみたいなことを……」

正確には、食べる気にはなれないと言われたが、似たようなものだろう。

「はあ!? 気分!? よりによって気分じゃないですって!? 何言ってんのアイツ！」

落ち込む千代の言葉に、琥珀の怒りが上がっていく。

「しかも……私以外の方が良いみたいで、私の知らないところで……」

千代を差し置いて、他の人の血肉をむさぼっている。

しかしそんな惨めなこと最後まで言えなくて、思わず口を閉じた。

最後まで口にできなかったが、最後まで言わずとも琥珀は色々察したようだ。あまりのことに唇をわなわな震わせはじめた。

「ああ、なんてこと！　あの龍神！　許せませんわ！　ああ、おかわいそうな千代様……！　もう我慢なりません！　私、あいつに一言物申してまいります！」

今にも立ち上がって、銀嶺を殴りかかりそうな勢いだったので、千代は彼女の袖を引っ張って止めた。

「いえ、良いんです。全部、魅力的でない私が悪いのですから……」

「そんなことありませんわ！　千代様は十分魅力的ですわよ！　それをアイツ……！」

と再び怒りの表情を見せてから、ハッと何かを思い出したかのように思案げな表情を見せた。

「……でも、そうですわね、龍神様は最近ずっと遅くまで探し物をされているのです。それで疲れているのかもしれないですわ。それに千代様のことは大切にしたいが故に無闇に手を出さないのかもしれません」

「探し物……」

探し物というのは、人の血肉のことだろう。千代の知らぬところで、外に出ては千代以外のおいしそうな血肉を食べているのだ。

落ち込む千代だったが、そんなことを考えているとは知らない琥珀は良いことを思いついたとばかりに手を打った。

「そうですわ！　何か精のつく食べ物でも用意したらどうでしょうか！」

「精のつく、食べ物……？」

それこそ私のことでは？　という言葉が出かかったが、千代はどうにか堪えた。

「そうですそうです。最近お疲れのようですし、鰻などをもらってこようかしら……」

「鰻……」

その言葉に千代は、ハッとひらめいた。それだと思えた。もうむしろそれしかない。

「あ、あの！　琥珀さん！　鰻をもってきてくださるのでしたら、あの、鰻のタレを多めにもらってきてくださらないでしょうか⁉」

「タレを？　良いですわよ。鰻のタレって美味しいですものね。あれだけでご飯、何杯もいけちゃいますわ」

「ですよね！」

千代は気持ちが明るくなった。全ての疑問が解決した。

生贄を前にして気分じゃないと言って食べるのを拒否した龍神。その謎がやっと解明された。

(私が食べられなかったのはきっと……味つけをしていなかったからだわ！)

千代だって、どんなに美味しい鰻を前に出されても、タレがなければ物足りなく感じる。

（そう、私に必要だったのは味つけだったのだわ。鰻のタレ、それは全てを解決する）

沈んでいた心は一気に晴れて、ようやく目的を成し遂げられそうだと、そう思えた。


鰻のタレを大量に入手した千代は、正座で銀嶺を待つ。

卓上に鰻の蒲焼(かばやき)がある。どうやら琥珀が鰻を一緒に食べるために銀嶺を呼んだのだと勘違いしたようだ。鰻定食が二人分並んでいた。

千代が今着ているのは太竹節柄の小豆色をした銘仙。

この着物を選んだのは、銀嶺の屋敷(やしき)にある着物の中で、一番地味だからである。銀嶺の屋敷にあるもののほとんどは人間からの貢物で、上等なものばかり。その中で、一番地味で汚れてもよさそうな着物を選んだつもりだが、千代にとってはそれでも十分上等なもので少し気おくれしてしまう。

（着物は、あまり汚さない方がいいわよね……。あ、でも、どうせそのまま食べられるのだから気にしなくてもいいのかしら）

平織りの銘仙の着物を見ながらそんなことを思って、両腕の袖を捲(まく)って紐(ひも)で縛った。

そこには、ほっそりと白い千代の腕がある。その白い柔肌(やわはだ)に、千代は、鰻のタレをたっぷりとつけたはけを滑らせた。

はけが通ったところから、千代の白い肌が茶色に変わっていく。タレが少なくなったら、タレの入った壺(つぼ)にはけを突っ込んでまた肌の上へ。

着物を汚さないように気を遣いながら、たっぷりしっかり鰻のタレを自身の体に塗っていく。

部屋の中に、鰻のタレの甘辛い匂いが広がった。

「鰻のタレのいい匂い。これならきっと、銀嶺様も食べてくださる」

両腕にたっぷりとタレをつけた千代はそう言って満足そうに頷(うなず)くと、今度は足も塗ろうと正座を崩そうとした時だった。

「な、なにをしているのだ……？」

いつの間にか、部屋の中に銀嶺がいた。

襖(ふすま)のところで、困惑したような顔で千代を見下ろしている。

タレを自分の体に塗りつけるのに夢中で気づかなかった。

崩そうとした足を改めて正す。

「銀嶺様、いらっしゃったのですね。本来なら三つ指をついてご挨拶したいのですが、なに分このように腕にタレがついておりますのでご容赦くださいませ」

「いや、三つ指をつくとかよりも、タレがついているのが気になるが……」

「嬉しいです。タレに気づいてくださったのですね」

「さすがに気づかずにはいられなかろう」

困惑する銀嶺である。

しかし千代は構わず腕を広げて胸を張った。さあどうぞ、そう言わんばかりの笑顔である。

さらに困惑を深める銀嶺だったが、しばらくして何か思いついたのかハッと顔を上げた。

「まさか、あの家の者にやられたのか？」

「え!?」

思ってもみなかった反応があって、千代は目を丸くする。

「そなたを外には出しておらぬし、屋敷に誰も入れていないが、どうやって……。たしか遠隔でものを動かす術があると聞いたことがある、それで、タレをかけられたのか!? それか以心伝心の術で、タレを塗りたくれと脅されたのか!?」

「いえ、そういうわけでは、これは私が……」

「許せん！　あの家の奴ら、やはり八つ裂きにしてやらねば気が済まぬ！　いや、あの家の奴らだけでない。あの家の者たちの悪行を増長させている周りの奴らもだ！」

銀嶺の冷酷な眼差しがさらに鋭く細められる。黄緑の瞳に、怒りの炎が揺らめくようだった。

「えっ……！　え……!?」

「あの家がある場所一帯を我が力にて灰塵と化してやる！」

「え？　ちょ、お待ちくださいませ！　銀嶺様」

「いや、もう我慢ならぬ」

と言って背を向けた銀嶺は今にも外に行って如月家の屋敷を焼き払いそうな勢いだ。千代は、慌てて立ち上がった。

「我慢ならぬとかではなくて、このタレは自分でつけたのです！」

千代が素直にそう白状すると、銀嶺が振り返る。いぶかしげな顔で。

「千代、そのような嘘をついてまでどうしてあの家の者たちを庇うのだ」

「いや、嘘ではなくて……」

「自分の体に自らタレを塗るような者がいるわけがなかろう」

「それはまあそうなのですけれど」

「どうしてそこまでして庇う、千代」

いや、庇っているのではなく、ただの事実なのだが。

このままでは鰻のタレを自分の腕に塗り込んだせいで、千代が住んでいた屋敷周辺が大変なことになる。

「あの、本当に自分でタレをつけたのです！　その、召し上がっていただきたくて！」

「召し上がる……？」

そう怪訝そうな顔をした銀嶺だったが、すぐそばにある机に置かれた鰻の蒲焼を見て、

「なるほど」とつぶやいた。

「まさか、そなた、私のために鰻の蒲焼に手ずからタレを塗って焼いてくれたのか」

「え……」

違いますけど？　という言葉が出かかったが……。

「そうなのだろう？　一生懸命タレを塗って、それで少しはけを滑らせて、腕を汚してしまったのだろう。そうでなければ、あの家の者たちの陰謀でしかあり得ぬからな」

という龍神の言葉が続いて、千代は言葉を呑み込んだ。

（私を食べてもらうためにタレを塗っただけなのだけど、なんだかそう説明しても納得してくれなさそうな雰囲気だわ。このまま、そうですと言ったほうがいいかしら。そうじゃないと、叔父一家の屋敷周辺が酷いことになりそうな……）

どうしたものかと思う千代の側に銀嶺が歩み寄った。

「千代は、本当に……優しいのだな。こんな私のために、手ずから鰻のタレを塗って焼い

てくれるとは」

そう言って微笑(ほほえ)みかける銀嶺の顔こそあまりにも優しい表情で、千代は何も言えなくなった。

叔父の一家と暮らしていた頃、千代は悪意のある視線にさらされてきた。千代を見れば誰もが、嫌そうに顔をしかめる。それが当たり前で、それが日常。

だから、こんな風に柔らかい表情を向けられることには慣れていない。何とも言えない、たまらない気持ちになる。

銀嶺が手を伸ばす。白く美しく、それでいて千代よりもずっと大きな銀嶺の手が、汚れた千代の腕をやさしく触れる。

そして、袖で、千代の腕についたタレを拭いはじめて、呆然(ぼうぜん)としていた千代はハッと我に返った。

「あ……！　いけません！　……銀嶺様のお召し物が汚れます！」

あろうことか、鰻のタレを自ら着た着物の袖で丁寧に拭っていく銀嶺を、千代は必死で止めようとする。

が……。

「かまわぬ」

本当に、気にしないといった顔つきで銀嶺にそう返される。銀嶺から離れようとしても
しっかりと千代の腕を握っていて引き離せそうにもない。
（私は、かまいます……）
心の中でそうこぼして、口を閉ざす。
何とも言えない面はゆい気持ちが、千代の頬を赤く染めていた。

# 第二章　食べられたいので好みを知りたい

朝餉の時間。

頭から丸ごと齧られた鮎の塩焼きを、千代は羨ましい思いで見つめた。

今日の朝餉は鮎の塩焼きだったのだが、銀嶺は鮎を器用に箸で左右半分に割ると頭も骨も丸ごと口に入れて食べたのだ。すごく豪快な食べ方なのに、当の銀嶺が涼しげな顔をしているせいなのかとても上品な食べ方に見えるから不思議だ。

千代は自分が食べるのも忘れて、皿の上に残された鮎の身を見ていると、銀嶺が不思議そうに首を傾げた。

「どうしたのだ、千代。何か気になることでもあるのか」

「え⁉」

魚に見入っていた千代は、銀嶺に話しかけられて慌てて顔を上げる。

「ずっとこの私の皿に載った鮎を見ていたようだが……」

羨ましい思いで見ていたのに気づいて銀嶺が不思議そうに首を傾げると、銀嶺は何かに気づいたように眉根を上げた。

「ああ、そうか。鮎がもっと食べたいのだな？　いいぞ。私のをやろう。琥珀、私の鮎を千代に……」

「ち、ちがいます！」

千代が鮎を見ていたのが、鮎がもっと食べたい故だと判じた銀嶺が、鮎を千代の皿に移そうとしたので慌てて止めた。

第一に、千代の皿にはまだ鮎はあるし、人のものを欲しがるほどに飢えていない。

「では、どうしたのだ？　先ほどからこの魚を、なんというか、並々ならぬ目で見ていたように思うが……」

「それは……」

その先の言葉に詰まった。銀嶺に食べられる鮎を羨ましく思って見つめていたが、魚類相手に嫉妬しているなど、そんな惨めなことをさすがの千代も口にはできそうになかった。

しかし気持ちは止まらない。

千代はいまだにまだ銀嶺に食べられていないというのに、この目の前の鮎ときたら早朝に釣り上げられてすぐに食べられている。

鮎にとってはいい迷惑なのだろうが、ただただ羨ましい。千代と鮎、どうしてこれほどまでに差があるのか……。

「銀嶺様は、鮎がお好きなのですか？」

どうにか嫉妬心を隠して、ボソボソとそんな質問を投げかける。『私よりも？』などという言葉はどうにか堪(こら)えた。

「ああ、そうだな。好きな部類には入ると思う」

「鮎のどういうところがお好きなのですか？」

なんだか浮気を静かに責める妻のような冷淡な口調になってしまった。銀嶺も少し戸惑っているように見えるが、今は気にしている余裕はない。

「どうと言われると……味、だろうか」

「味……。この鮎は塩で焼かれてますが、塩味が好きということですか？」

「塩が好きというわけではないような気もする。塩によって鮎の旨味(うまみ)が増しているとは感じるが……」

ということは、鮎が持つ旨味を銀嶺は評価しているのか。千代はそう思って軽く唇を噛(か)む。

味つけの問題は、やはり関係ないのだろうか。

以前、鰻のタレさえつければどうにかなると踏んで鰻のタレまみれになってみたが、思うような展開にはならなかった。

しかも性懲りもなく『もしかしたら銀嶺様は甘党なのでは!?』と思って蜂蜜を塗りこんでみたが、それも結局失敗に終わっている。

蜂蜜を塗りつけた千代を見た銀嶺が、また叔父一家の陰謀なのではと疑い家周辺を焼け野原にする勢いだったので慌てて止めたという苦い記憶が蘇（よみがえ）った。『美容のために塗っただけです！』と苦しい言い訳しか思いつかなかったが、銀嶺はあっさり信じ、『すでに美しいのにこれ以上美しくなろうとするとは、さすが千代』などと言って千代を褒めるばかりで、一向に食べようとしてくれなかった。

正直、参っていた。どうすればいいのか分からない。千代は人で、魚類になろうと思ってなれるわけでもない。

だが、どうにかして銀嶺に自分を食べてもらわないと困る。

それに、銀嶺は人間の味を嫌っているわけではないような気がする。銀嶺は、確かに千代を食べはしないが、頻繁に外に出ては血肉を漁（あさ）っているらしい。千代がここにきてからというもの、銀嶺は毎日のように外出している。

「あの……銀嶺様は他に、どのようなものが好きなのですか？」

千代はすがる思いで尋ねた。鮎にはなれないが、もしかしたら他のものなら努力で補えるかもしれない。そう希望を抱いて。

「ん？　私の好きなもの、か？」

千代の唐突な質問に、銀嶺が目を丸くする。千代は深くうなずいた。

「はい、銀嶺様がどのようなものを好きなのか、伺いたくて」

「それは……」

と言って一度言葉を止めた銀嶺が、すぐにはにかむように笑った。

「私に興味を持ってくれたということだろうか……？」

感慨深げに銀嶺はそう言う。

何故かは分からないが、すごく嬉しそうに見えて今度は千代が目を見張る。

「ならば、今日はこれから私と少し出かけないか」

「出かける……？」

「ああ、そうだ。少し離れているが、人通りが多く華やかな街があるのだ。そこに行くのはどうだろう。店が多く開いており、珍しい物もある」

「そこに、銀嶺様の好きなものがあるということですか？」

千代の問いに少し虚をつかれたような表情を浮かべた銀嶺だったが、すぐに柔和に微笑んだ。

「そうだな。あると良いとは思う」

少し、含みのある言い方だったのが気になるが、銀嶺の好みを知れるのは千代にとってもありがたい。

「はい、もちろんです！　一緒にいかせてください」

千代はにこりと笑って返事をした。


琥珀によって千代はこれでもかというぐらいに飾り立てられた。

なんと着せられた着物は、紅紫色の矢絣柄の御召着物だ。御召着物特有の絹の高貴な光沢がある。着心地も軽い。

御召着物は高級品で、昔なら一国の姫ぐらいしか着ることはできない特別な仕立てだ。千代にとっては話に伝え聞くだけの遠い存在のお着物で、まさか自分が着ることになるとはつゆほども思っていなかった。

あれよあれよという間に飾り立てられた千代は門のところに向かう。

そこにはすでに銀嶺がいた。門柱に軽く背中を預けた銀嶺が、腕を組んで少し俯きがちにしてどこともなく見ている。

特別、格好をつけている訳でもないのに、思わず見入ってしまうほどの色気があって、目が離せなかった。

（あんなお綺麗な顔をしているのに、人の血肉を食べる荒御魂の神様なのね……）

どんな顔で人を食べるのだろう。肌に牙を立てて、ぷつりと皮を破いてそこから溢れる血を舐めとったりするのだろうか。

銀嶺が人を食べるところを想像しようとしたら、何故か気恥ずかしさを感じて顔が熱ってきた。なんというか、とても艶めかしい感じがする。

千代は顔の熱を散らすように首を横にふるふると振った。

そうこうしていると、こちらに歩いてくる千代に銀嶺が気づいたらしい。

銀嶺は千代を見つけて笑みを浮かべた。先ほどまでの何処か彫像めいた完璧な美しさではなく、少年めいた生き生きとした表情に変わる。

「千代、綺麗だな。その着物、似合っている」

「ありがとうございます。琥珀さんに、とても素晴らしいお着物を丁寧に着付けて頂きました」

銀嶺も銀嶺で、藍色の大島紬の装いがよく似合っていた。とはいえ、目の前のこの美しい人にかかれば、どんな着物であっても美しく見えるにきまっているのだが。

「では行こう。だがその前に渡したいものがある。千代、これを。肌身離さず身に着けておいて欲しい」

そう言って、銀嶺は紫色をした手のひらにすっぽりと収まる大きさの小袋を差し出してきた。

恐る恐るといった手つきで千代は小袋を手に取る。絹で作られているのか、袋はスルスルとした柔らかい感触だった。中に何か平べったく硬いものが入っているのが分かる。そしてふわりと良い匂いがした。

匂い袋だろうか。しかし銀嶺がわざわざ餌である千代に匂い袋を渡す意図が見えない。

何のためにと考えてすぐにハッと閃(ひらめ)いた。

(もしかして、これは香りづけ……？　銀嶺様は、香りの強いお食事を好む、ということ？)

香草焼きなど、魚などに香りをつけて生臭さを消す料理はいくつもある。銀嶺は生臭さが苦手なのだろうか。

だからこうやって匂い袋を千代に持たせて日ごろから香りづけをしようとしているのかもしれない。

天啓のようにひらめいた発想に千代は夢中になった。

匂い袋を鼻に近づけて、クンクンと匂いを嗅ぐ。

甘い匂いはおそらく桂皮。ショウガのようなすっきりとした匂いは、香の原料の山奈だろうか。高級品ではあるので千代はどちらも馴染みはないが、魚などの匂い消しなど料理に使われることもある香りのはずだ。

銀嶺の好みの味を知るためのお出かけだったが、出かける前に答え合わせができてしまった。

(銀嶺様もやる気だわ。早く私が好みの味になるようにと早速教えてくださるなんて。せっかく銀嶺様が自ら香りを調合してくださったのだもの、しっかり自分に染みつけておかないと。でも匂い袋としては香りが少し弱い気がする……。自分で似たような香料を調達して摺り込まないと……)

等と思って匂いに集中していると、「ち、千代……?」と遠慮がちに銀嶺が声をかけてきた。

何故か理由は分からないが、顔を赤らめた銀嶺が気恥ずかしそうに千代を見ている。

「その、何故、それに口づけを……？　その中には、その……」

などと銀嶺がもごもごと何か言いづらそうに言っている。

どうやら匂い袋の香りを嗅ぐために鼻に近づけた行為が、匂い袋に口づけしているように見えているらしい。口づけしているように見えたからといってどうしてこんなに気恥ずかしそうにしているのかは不明だが。

千代は不思議に思いながらも口を開いた。

「すみません、とてもいい香りのする匂い袋でしたので、思わず鼻に近づけてしまったのです」

「ああ、匂いを嗅いでいただけか。すまない、少し驚いてしまった」

自分の勘違いだったと気づいた銀嶺が、慌てて赤い顔を逸らした。そして咳払いしてまた口を開く。

「だが、その、それは、香を焚きしめて匂いをつけたが、匂い袋ではない。お守りだ。中には、少しだけ、なんというか、障りがある。もしかしたら生臭いかもしれないと思って香を焚きしめた袋に包んだが、できればあまり嗅がないでもらえると助かる」

照れくさそうに答える銀嶺に、千代は目を丸くした。

「お守り、ですか？」

「そうだ。私の……霊力を込めた。私が側にいる間は問題ないが、もし、離れてしまっている間に何かあれば、これが千代を守る」

「では、その、香りづけではなく……？」

「香りづけ？　何の話だ？」

心底不思議そうに首を傾げる銀嶺だ。

「香りの強い食べ物が、お好きなのかと思って」

「別に嫌いではないが、話が見えない」

「え」

「え」

戸惑う千代に、戸惑い返す銀嶺だった。

（どうしましょう。また何か勘違いをしてしまったかもしれない。香りづけさえうまくいけば、食べてもらえると思ったのに。でも、なら、どうしてわざわざ私に、お守りなどを渡すのかしら……）

千代はただの餌のはずだ。それなのにお守りを渡す意味は？

銀嶺の本心を探るように思考を巡らせる。

（もしかして、銀嶺様は……）

と、何とも言えない甘い妄想に取りつかれそうになり、千代は慌てて首を振る。

馬鹿な考えにすがりそうになった自分をいさめた。

お守りをあげたのは、いつか食べる予定の餌が、傷つくのを避けるためだ。それしかない。

「あの、ありがとうございます」

千代は、とりあえずもらったお守りを懐に入れた。

それを満足そうに見た銀嶺は、口角をあげて笑みを作る。

「とりあえず、行こうか。早く千代とともに出かけてみたい」

柔らかく微笑(ほほえ)んだ銀嶺がそう言った瞬間、千代はグイッと身体(からだ)を引き寄せられた。

「えっ……！　きゃ……！」

引き寄せられたと思ったら、何とも言えない浮遊感があった。気づけば、千代の背中と膝の下に銀嶺の腕があり、持ち上げられていた。いわゆる、お姫様抱っこというやつである。

突然、不安定な体勢になっていることに気づいた千代は、銀嶺の首に手を回してぎゅっと抱きついた。

「そう、そのままずっとしがみついていてくれ」

どこか満足そうな銀嶺の声色が聞こえてきて、千代はどうにか顔をあげた。

「ぎ、銀嶺様、これは一体⁉　突然、何を……⁉」

少々非難じみた戸惑いの声をあげる千代だが、銀嶺は嫌になるくらいに爽やかに笑っている。

「いや、出かけるのならこの体勢が一番良い」

　という銀嶺の説明にもなっていない説明に、千代は嫌な予感がした。

「あの、出かけるって、どうやって出かけるおつもりなのですか？」

　龍神の屋敷は人里から離れた山間部に位置しているため、今から行こうとしている『華やかな街』に行くには、馬車でも相当な時間がかかりそうだと今更ながら思った。

　だが今、辺りを見渡しても馬車のようなものは見当たらないし、そもそも龍神の屋敷で馬を見たことはない。かといって都市部で流行しているという噂の機械仕掛けの乗り物も見当たらない。

「もちろん、私が運んでいく」

「え？　運ぶ？　運ぶとはどのように……」

「このまま、飛んでいく」

「え、と、飛ぶって、飛ぶんですか!?　……ぎゃ！」

　信じられないことを言われて戸惑う間に、千代と銀嶺は宙を浮いていた。女子らしからぬ悲鳴の声があがったが許してほしい。

　みるみるうちに高くなる視界に、堪らず千代は目を瞑って銀嶺に強くしがみついた。

「もう！　突然、こんな……！　お、重くありませんか？」

「重いものか。羽根のように軽い」

「それはさすがに言い過ぎです……って、た、高い！」

思わず目を開けて眼下を見てしまった千代は後悔した。あんなに広くて大きいと感じていた銀嶺の屋敷が小さい。耳には先ほどから風の当たる音がする。怖くなってさらに銀嶺にしがみついた。

「大丈夫だ。私がいる。怖いことはない」

という声が聞こえてくる。なんだか千代がしがみつけばしがみつくほどに、銀嶺はどこか上機嫌な気がするが、そんなことに構っていられないほどに千代は一杯一杯だった。

「銀嶺様～！　こういうことをなさるのでしたら、前もって仰ってください～」

空の遙か上空で、千代の悲鳴にも近い言葉が青い空に響きわたっていった。

千代は、やっと地面に足をつけた。恋しくて仕方なかった大地を踏みしめて、息も絶え絶えに座り込む。息継ぎの合間に、人の足音や声といった雑然としたものが耳に入った。

僅かに顔をあげると、少し離れたところに人の通りが見える。老若男女が華やかな装いで白石で整地された道を歩いていた。

千代たちはどうやら目的地である街につき、路地のような奥まったところに降り立ったらしい。

飛行時は長く感じたがそれほど時間が経っていないようで、まだまだ太陽は上空で輝いている。

それにしても、空から舞い降りるという派手な登場の割には、誰にも気づかれていないようなのを不思議に思った。

「大丈夫か。千代」

横から、気遣わしげな銀嶺の声が聞こえる。座り込む千代の背中を遠慮がちにさすってくれた。

「えっと、はい……なんとか……」

と答えて、ふらりとよろめきそうになりながら千代は立ち上がる。

「すまない。帰りはもう少しゆっくりと飛ぼう」

フラフラしている千代を慰めるためにそう声をかけてくれたのだろうが、帰りもまたかと思うとげんなりした。顔には出してないつもりだったが出ていたようで、千代を見て銀嶺がくすりと笑う。

「大丈夫だ。私も、初めて空を飛んだ時は少し怖かったが、慣れてくるととても楽しい。空を飛んで、私は初めて龍になれたのだと思えた」

瞳を輝かせて、空を仰ぎながら銀嶺はそう言った。見つめる先に、初めて空を飛んだ時の己がいるかのように。

(確か、銀嶺様はもともと黒蛇の妖でいらっしゃったはず。龍となったのは、人々に神に奉られてからと思っていたけれど……)

空を飛ぶことを無邪気に楽しんでいる様子の銀嶺に、少しだけ違和感を覚えた。

昔からこの地を治めている荒御魂の神である銀嶺は、ずっと昔から飛ぶことができたはずだ。

(なんだか銀嶺様のおっしゃりようは、まるでここ最近飛べるようになったかのように聞こえるわ)

銀嶺の様子は、空を飛べるようになった日のことを懐かしむような感じではなく、どちらかというと夢中になれるものを最近見つけた少年のそれに似ていた。

「さて、ではそろそろ行こう。歩けるだろうか」

そう言って、銀嶺が手を差し伸べてくれた。

その手を千代はポカンと見つめる。どうして銀嶺は手のひらを千代に向けているのか、良くわからない。

しばらく無言で千代が銀嶺の手を見ていると、たまりかねたように銀嶺が口を開いた。

「その、手を繋ぎたいのだが……だめだろうか」

「へ？　手を？」

思ってもみなかったことを言われて、千代から間の抜けた声がもれた。

銀嶺の顔を見れば、至って真剣な表情を浮かべている。

どうして手を繋ぐ必要があるのだろう。

そう思うのと同時に、千代は昔のことを思いだした。まだ両親が生きていた頃、よく手を繋いでくれた。

まだ小さな千代の手をすっぽりと包み込む両親の手は温かくて、このままどこへでも行きたいと思った。何処にいっても怖くないと、そう思えた。

千代にとって誰かと手を繋ぐということは、人の温かさを感じる行為だ。大好きな誰かに、大切だと思われていると感じさせてくれる。

だからこそ思う。どうして手を繋ごうとしているのだろうか、と。

「嫌か……？」

悲しそうに銀嶺がそう言った。その表情があまりにも辛そうで、千代は気付けば銀嶺の手をとっていた。

「い、嫌ではありません」

慌てて口にした言葉が本心なのかどうか、千代自身もわかっていなかった。だが銀嶺があまりにも辛そうで、そう言わずにはいられなかった。

千代の言葉に、ほっと息をつくように銀嶺が笑う。心の底から嬉しそうに笑う銀嶺を、千代は呆然と見つめた。

「良かった。……ここは人通りも多い。はぐれないようにしっかり握っていてくれ」

「そ、そうですね！」

と言いながら、千代は内心で慌てていた。

（そうか……はぐれないために！　せっかく捧げられた餌がはぐれていなくなるのを防ぐために手を繋ごうとしたのね！　そう、そうよ。もしくは私が逃げないように手を繋いだのだわ。そうか。そのために……私ったら、一体何を勘違いしそうになって……）

誰かと手を繋ぐというその行為に、特別な意味を見出そうとしていた自分が恥ずかしい。

これはただはぐれないためのもの。そう言い聞かせて、千代は銀嶺の手を握って隣を歩くのだった。

しばらくは握られた手の温かさに、ドギマギとしていた千代だったが、そのうち初めて訪れた都会の喧騒に圧倒されてキョロキョロと辺りを見渡すのに夢中になった。

外国風の洒落た街灯。ショーウインドウという、壁の一部をガラス張りにして、商品が目に入りやすくなっている店もあった。

色鮮やかな暖簾に『あんみつ』という文字を見つけて目を奪われる千代に、銀嶺は笑って食べてみようかと声をかけてくれた。

最初こそ遠慮していた千代だったが、銀嶺の『私も食べてみたいのだ』という一言でそれならと頷いた。

もともとこのお出かけは、銀嶺の好きなものを知るための外出だ。銀嶺が食べてみたいというのに、食べないという選択はない。

昼食は洋館風の洒落た店構えの食堂を見つけて、そこでオムライスを頂いた。

肉と玉ねぎと一緒に炒められたケチャップライスが、薄く綺麗に焼かれた卵に包まれていて、見ているだけでワクワクするような料理だった。

トマトの酸味が独特なケチャップライスを卵と共に食べると、どこかまろやかになって普段口にする料理とは一味違う美味しさがあった。

ふと、昔のことを思い出す。オムライスは子供の頃母親が作ってくれたことがあるのだ。

話に伝え聞いたオムライスなるものをどうしても食べたくて、母にわがままを言って作ってもらった。

初めてのオムライスは、卵が破れていてケチャップライスもぺちゃぺちゃと水っぽかった。それでも、美味しいと思った。幸せな思い出の料理だ。

「美味しそうに食べるな」

話しかけられて千代はハッと我に返った。

「す、すみません」

一人楽しんでしまったことを思わず謝る。

見れば銀嶺も千代と同じオムライスを食べているが、あまりすすんでいないようだった。好みの味ではないのかもしれない。

「何故、謝る。千代が美味しそうに食べてくれると、私も楽しい」

そう言って微笑まれると、思わずどきりと胸が高鳴った。銀嶺にはあまり自覚がなさそうだが、神の名に相応しいほど見た目が整っている。

微笑まれると、どうしても気持ちが落ち着かない。

（落ち着いて、千代。銀嶺様はきっと、たくさん食べて餌としてより肥え太ろうとしている私に満足して微笑まれているだけ）

千代がそう言い聞かせて内心であたふたしていると、ふと思った。

今いるお店の人も周りの客も、銀嶺のことを気にも留めていないような気がする。これほどの美男子で、珍しい銀髪ともなればかなり目立つはずなのに。

「あの……なんだか、周りの人たちが私たちの存在に気づいていないような、気がするのですが……」

とうとう気になって銀嶺に尋ねた。

「ああ、結界を張り、気配を薄くしている。注意して見ようとしなければ私たちの存在を感知できない」

なんともなしに答えられて、千代は目を丸くした。だがもともと空から街に直接降り立ったというのに誰も気づいていなかった時点でおかしかったのだ。言われてみると納得だった。

その後も、たくさんのものを食べた。羊羹(ようかん)、ケーキ、氷菓子。

今のところ分かっているのは、千代が美味しそうに物を食べていると銀嶺が幸せそうだということ。おそらく銀嶺は、肥えた餌が好きなのだろう。

しかしさすがに食べ過ぎた。

どこかで少し休憩をしたい、と思った時にふととある洋館が目に留まった。たくさんの人が入っていく。洋風の建物の外壁には、手書きのポスターが貼られていて、そこが芝居小屋という演劇などを観覧する場所であることに気づいた。

「あそこが気になるのか？」

銀嶺に話しかけられて、ハッと顔を上げる。顎の下に手をやって何やら考えている様子の銀嶺がいた。

「観に行ってみるか？」

「えっと……銀嶺様は観劇されたいのでしょうか？」

千代は恐る恐る、少し期待をこめて尋ねる。

劇は幼い頃に親に連れられて観たことがあるが、それきり。劇の内容もほとんど覚えていない。それでも両親と揃って遠出しての出来事だったからか、漠然と楽しかったという記憶がある。

正直に言うと、千代はとても興味があった。だが、この外出はあくまで銀嶺のためのもので、千代の意向は関係ない。

そんな千代の下心に気づいているのかいないのか、銀嶺はくすりと笑って口を開いた。

「そうだな。観てみたい。行こうか」

そう言って、遠慮がちな千代の背中を押すようにして芝居小屋の中へと入ることになった。

中は広々としていた。三人掛けほどの長椅子がステージに向かい合うように何脚も並べられている。ちょうどステージから見て左の方に空いている席を見つけると、千代と銀嶺は腰を下ろした。

劇の演目についてはあまり気にしていなかったため、中に入ってから渡されたパンフレットを見て、今から観る劇が神と人の恋物語だと知る。

(神と、人……?)

思わず、隣の席に座る銀嶺の顔を覗き見る。

ただぼうっと前を見ているように思えた銀嶺だったが、千代の視線に気づいたようでこちらを向いた。

「どうかしたか?」

優しく心地よい低音の声に、柔らかく微笑む眼差し。迂闊にもまたドギマギとしてしまい千代は慌てて視線を逸らした。

「えと、いえ……楽しみだな、と思いまして」

当たり障りのないことを言う。これから観る劇が、「人と神の恋」に関するものだったから気になってしまったなどとは口が裂けても言えそうになかった。

誤魔化す千代に気づくこともなく、銀嶺はそうだなと鷹揚に答える。

(なんだか、私ばかりドギマギしている気がする……)

最初こそ、銀嶺の好みを知るためだと意気込んで臨んだはずが、純粋に楽しんでしまっている気がする。

なんとも言えない居た堪れなさを感じていると、劇が始まるブザー音が鳴った。

あたりが暗くなり、劇の幕が上がる。

見始めた時は、人と神の恋愛ということにドギマギして落ち着かなかったが、すぐに話にのめりこめた。

舞台は天神契約が行われる前の時代、平安時代の話のようだった。

ヒロインは稀血という特別な血をもつ少女。稀血というのは、妖にとって特別な血で、妖が稀血を一口飲めば、莫大な妖力を得られるという。

天神契約が行われる前は、人の住む里にも雑多な妖たちが平気で足を踏み入れることができたため、古今東西の妖たちが少女を狙って襲いかかってきていた。

そんな少女をいつも幼馴染の少年が守っていた。彼は狐の妖と人の間に生まれた半妖だった。もともとそこまで強くはなかったが、少女が毎日少しずつ稀血を飲ませることで、大きな力を手に入れていた。

その力で少年は妖を退治しながらいつしか麗しい青年へ、少女も美しい女性へと成長していく。

だがある日、妖たちは稀血を飲むために大群をなして襲ってきた。

稀血のヒロインを守るために半妖の青年は戦うも、四肢をもがれて倒れた。今にも死にそうな青年に、ヒロインは涙を流して生きてと願い、自らの体を傷つけて絞り出せる限りの血を飲ませた。

青年が目を覚ました時には、ヒロインは死んでいた。血を流しすぎたのだ。一方青年の傷は全て癒え、今までにないほどの妖力に溢れていた。その力でもってヒロインを喰らおうとした妖たちを全て滅した。

しかし最愛の人を失った青年の心は癒えることなく、行き場のない思いを抱えて山に籠もった。

後に天神契約を結び、今は西のとある大地を守りながら、いつか生まれ変わるだろう最愛の人を待っているのだという。

劇はそこで幕を閉じた。拍手が湧き起こる。そして拍手の中に、洟を啜るような音もする。悲しい結末に涙を流した観客は少なくないようだった。

千代も気づけば涙が溢れていた。そのことが意外で、自分のことなのに自分で驚いてしまう。

(どうして、涙が……人前で泣くことなんてずっとなかったのに)

千代は叔父に引き取られてからというもの、人前で涙することがなくなっていた。

いつもいつも、誰にも泣いているところを見られたくなくて我慢していた。千代が泣くことができるのは……。

両親が亡くなってから出会った白蛇のことを思い出した。

小さな白蛇。ハクちゃんと呼んで可愛がっていて、あの白蛇の前でだけ、千代は泣くことができた。

「千代、泣いているのか？」

隣から声が聞こえて視線を向けると、銀嶺が心配そうに千代の顔を見つめていた。

ハッとして慌てて涙を拭うために両手で擦ろうとしたが、手首を摑まれて止められた。

摑んだのは銀嶺だ。

「そんな乱暴にしては目が腫れてしまう」

銀嶺はそう言うと、当たり前のように千代に顔を寄せた。そして目の下辺りにぬるりと濡れた感触がして、何をされたのか遅れて気づく。

千代の目からこぼれた涙を、銀嶺が舐め取っている。

あまりにも平然と当たり前のようにそうされて、千代は動けない。

そうこうしていると、銀嶺が千代から顔を離した。どうやら涙を舐め取り終わったらしい。にこりと笑った。

「千代は相変わらず、泣き虫なのだな」

しみじみと親しみを込めたようにそう言われて、千代はやっと我に返った。

「な、泣き虫ではないです……！」

他にいろいろ言わなくてはいけないことがあったような気がするのに、咄嗟に出た言葉がそれだったのは千代自身も驚いた。

だが、冷静に言葉を紡げるわけがない。なにせ先ほど、銀嶺は涙を舐めた。つまりは頬に接吻をしたのだ。

先程の出来事を改めて思い返して顔に熱が集まっていく。

そういえば、銀嶺に早く食べられたいという思いが強過ぎてうっかりしていたが、千代はこうやって男性と連れ立ってどこかに出かけたり、一緒に食事をしたりと親密なやりとりをするのは初めてだった。

（なんだかまるで、夫婦みたい……）

そう思った瞬間に気恥ずかしさで、また体温が上がって目が潤んできた。

これでは本当に泣き虫ではないか。

確かに、千代は生贄花嫁として銀嶺のもとにきた。だが、花嫁というのは形式上の名前で、荒御魂の神の生贄花嫁というのは詰まるところ単なる餌だ。そのはずだ。

（さ、先程のはきっと、味見だわ！　ちょっと味見で、涙をぺろっとしただけ。きっとそうだわ！）

千代は心の中でそう言い聞かす。味見だとしたら、銀嶺に食べられたい千代にとっては喜ばしいはずだ。何故か頑なに千代を食べようとしない銀嶺が、少しだけ千代という餌に興味を持ったということなのだから。

「どうした、千代。また泣きそうになっている。先程観た劇の話がそれほどに恐ろしかったのか？　大丈夫だ。千代を狙って数多の妖が襲い掛かろうとも、私が必ず守る。怖がることはない」

千代が泣きそうになっている理由を盛大に勘違いしている銀嶺がそう語りかける。千代を安心させるためなのか、表情はとても穏やかだった。

「えっと……その、怖がっているわけでは……」

などと千代がもごもごと答えている途中で、銀嶺は訳知り顔で頷いた。

「それほど恐ろしい思いをしたとは……。よし、千代を怖がらせたこの劇場、潰そう」

銀嶺がそう言って立ち上がった。千代が、「え……」と戸惑っている間に、何やら手をかざして今にも本当にこの劇場の建物を壊してしまいそうだったので、千代はぴょんと飛び跳ねるように立ち上がって銀嶺に言い募った。

「潰さなくて大丈夫です！　むしろ潰さないでください！」

「だが、千代を怖がらせて泣かせた罪は重いと思う」

銀嶺は真面目な顔で重々しくそう言った。

「いえいえ全然重くない上に、怖くて泣いたわけではないので大丈夫です！」

むしろ後半涙が滲（にじ）んだのは、銀嶺のせいである。

銀嶺の勘違いで罪のない劇場関係者の方に迷惑をかけてしまう。

千代が必死になって声を張り上げたのが功を奏したのか、銀嶺は「そうか？」と言って渋々といった形で矛を収めてくれた。

たまに銀嶺は軽やかに潰したり滅ぼしたりしようとするので油断ならない。

千代はほっと胸を撫（な）で下ろした。

「潰すだなんて、とんでもありません。とても素晴らしい演劇でした」

「そうか。楽しめたか？」

「ええ……はい」

千代が楽しめたかどうかなど、何故聞くのだろう。不思議に思いながらも頷くと、銀嶺は本当に嬉（うれ）しそうに笑った。

「良かった。よし、他も回ってみよう」

そうして銀嶺は歩き出した。

（どうして銀嶺様は私に、あんな風に笑いかけてくださるのだろう……）

千代はふわふわとした心地のままその背中を追いかける。

劇場を出るとすっかり陽が落ちていた。帳（とばり）が落ちたような夜空には、星が輝いている。

「もう夜だったか。……今日は一日が早いな」

夜空を見上げながら、銀嶺が少し寂しそうにこぼした。劇場の中にいるときは他も回ろうと言っていたので、まさか日の沈むような時間になっていたとは思っていなかったのだろう。千代も同じ気持ちだった。

あっという間だった。千代にも、そう感じられた。

夜風が吹いた。その風に乗って白いものがひらひらと舞う。桜の花びらだ。

劇場の周りに植えられた桜の花が、夜風に吹かれて散っていく。都会の夜は、街灯のお陰で明るくて、舞う花びらの一枚一枚が幻想的に夜を彩っている。

物悲しさを感じて夜桜を見ていると、銀嶺がすっと腕を伸ばした。

大きな手が、千代の頭の左側を撫でる。

千代は誰かに頭を触れられるのが苦手、のはずだった。自分の頭の方に他人の手が上がるのを見ると、それが誰の手であれ体が萎縮してしまう。何かあるごとに叔父に叩（たた）かれていた経験が、千代をそうさせていた。

それなのに、銀嶺が頭に触れても少しも恐ろしいと思わなかった。身体が萎縮するどころか、心地よいとすら思えてくる。

何故なのだろう。銀嶺の優しい手つきのせいだろうか。それとも、愛しげに千代を見つめるその黄緑の瞳のせいなのだろうか。

呆然としていると、銀嶺が千代から手を離した。

「桜の花びらがついていた」

そう言って、小さな白い花びらを摘んで千代に見せてきた。

先程頭に触れたのは、どうやらこの花びらを取るためだったらしい。

千代は、気づいてはいけない何かに気づきかけていて、時が止まったかのように何も言えない。

そんな千代の様子に気づかず、銀嶺が楽しそうに口を開く。

「千代、どうする？　夕餉はここで食べるか？　それとも屋敷に戻ろうか？」

銀嶺に問われて、千代はハッと肩を揺らして正気を取り戻した。

「え、えっと……あまり、お腹が空いていないのでこのまま、帰りたい、です」

昼に餡蜜などの甘いものをちょこちょこ食べていたせいか、食欲がない。それにもうこれ以上、銀嶺と一緒にいてはいけない気がした。取り返しのつかないことになりそうな気がする。

「そうか、ならこのまま今日は帰ろう」

銀嶺が穏やかに応じる。千代は、あ、と思って口を開いた。

「あの、すみません。私なんぞが意見を言うなんて……銀嶺様が召し上がりたいのでしたらこちらで」

「いや、千代が帰りたいのなら私も帰りたい」

当然のことだとでも言うかのように銀嶺が平然と答えると、そのまま銀嶺は千代の背中に腕を回す。

千代が、「え、え……?」と戸惑う間に、銀嶺は千代を横にして抱いた。ここまで飛んでくる時と同じ格好だ。

こんな街の往来で、と思って焦ったが、通りかかる人は誰も気に留めていない。銀嶺の結界があることを思い出して少しホッとするも、だからといって全く恥ずかしくないわけではない。

(なんだか行きの時よりも、すごく、胸がドキドキしている……)

行きの時は、恐怖の方がまさっていたからだろうか。こんな風に、胸が高鳴りはしなかった。

一度呼吸だけでも落ち着けたい。そう思って、一旦下ろしてもらおうと思った時には、遅かった。

風に乗って空を舞う花びらのように、気づけば銀嶺と千代は空へと飛んでいた。

春とはいえまだ夜風は冷たいはずなのに、寒さを感じない。熱(ほて)った頬に心地よいぐらいの夜風が微(かす)かに当たる程度だ。これも銀嶺の力のおかげなのだろうか。

しばらく幻想的な夜の飛行に呆然としていた千代だったが、ハッと、今日の千代の目的を思い出した。

「すみません、銀嶺様。今日は、銀嶺様のお好きなものを探すはずでしたのに……！」

思い返すと、街に出て一番楽しんでいたのは千代かもしれない。

美しい着物や装飾品を見て胸躍らせ、甘い餡蜜に舌鼓をうち、ずっと食べたかったオムライスを食し、初めての観劇で感動し……自分のことばかりで、結局、銀嶺の好きなものを知ることはできなかった。

そう思ったが……。

「いや、今日は私の好きなものを堪能(たんのう)できた」

「……え？」

真っ直ぐ前を向いて飛んでいた銀嶺の顔が千代の方を向く。

横抱きにされているから当然なのだが、顔が近い。そうすると、銀嶺の唇が近く、先程涙を吸うために頬に触れてきたことが思い返された。

「楽しそうにしている千代を見れて、今日は楽しかった」

そう言って微笑みかける銀嶺に、千代は目を奪われる。

街へと行くために飛んだ時は、あんなにも恐ろしく感じた空の飛行が、今は何も感じない。むしろ心地よさすら感じる。この独特な浮遊感に慣れたからだろうか。それとも、しっかりと千代を抱き留めてくれる銀嶺に身を委ねることへの抵抗感が薄れているからだろうか。

「千代、上を見てくれ」

そう言って、銀嶺は顔を上に向けた。千代も言われるまま視線を上にすると、視界いっぱいに星空が広がる。

町で見た時よりも、ずっと空が近い。星の瞬きに溺れそうだ。

「この星空を、いつか千代と一緒に見たいとずっと思っていた」

感慨深げに銀嶺がそう言った。すぐそばにある銀嶺の顔を見上げる。銀嶺は、顔をあげて星空をまだ見ていた。黄緑の瞳に星の光が反射している。

美しいと思った。無邪気な少年のような瞳に見えた。

だが、相手は名高い荒御魂の神だ。今までたくさんの者をその牙にかけてきたはずだ。

夜の静寂の中で、千代の心が騒めく。

あまりにも今日が楽しくて、夢でも見ているのかと思うほどに銀嶺という荒御魂の神が優しくて、だからこそ胸が苦しい。

改めて、千代が今までしようとしていたことを思い知る。

千代は目の前の神に食べられることでその神の力を封じようとしている。弟を助けるために。

それはつまり、弟のために、目の前の神を殺そうとしているということなのだ。

初めから分かっていたことのはずなのに、その意味することの重みが増していくのを千代は感じずにはいられなかった。

次の日、千代は体調不良を理由に銀嶺とともにする朝餉を断った。琥珀にも、今日は一人にさせて欲しいと言って、出かけてもらった。

今は一人、部屋で昨日の、銀嶺とともに街に出かけた時のことを思い出していた。昨日は、夢のように楽しかった。楽しくて楽しくて、だからこそ胸が苦しい。

千代の目の前の文机には、懐刀が一本置かれている。手にとって鞘を抜くと、鋭い刃が光った。

生贄に捧げるということは、神に嫁入りするという意味だ。その際、花嫁道具一式も一緒に持たされる。この懐刀もその一つ。

（こんな小さな刀で、龍神様をどうにかできるとは思わなかったけれど……）

千代は、懐刀を左手に持ち替えると、右手で文机に置いていた茶色の親指ぐらいの大きさの塊を手に取った。これは神の力を封じる毒を蜜蠟で固めたもの。千代は懐刀にその毒いりの蜜蠟をすりつける。

満遍なく、しっかりと刀につくように力強く。

ある程度塗り終わると、懐刀を掲げた。先ほどは鋭く煌めいていた刃が、蜜蠟を薄く塗られたことで少しだけ鈍っている。

だがそれでも、刺そうと思えば少しぐらいはさせるだろう鋭さは残っている。

（少しだけで良いもの。少しでもこの毒が、龍神様の中に入れば……）

千代は眉根を寄せる。

銀嶺が千代を食べてくれないというのなら、毒を塗った刀を銀嶺に差し込んで毒を入れる他ない。そうすれば、さすがに怒った龍神は千代を食い殺してくれるだろう。そうしてやっと神の力を封じる術が完成する。

昨日、二人で出かけたことで、千代は悠長に銀嶺が食べてくれるのを待つことはできないと悟った。銀嶺を知れば知るほどに、気持ちが惹かれていくのだ。このまま一緒にいれば、銀嶺を封じようと思えなくなってしまう。

銀嶺は優しいとは思うが、彼は昔からこの地で名を馳せた荒御魂の神で、これから先も千代を、そしていつか生贄にされる弟を食べないという保証はない。

(今ならまだ、大丈夫。今なら私は、銀嶺様を封じることができる。今なら、まだ……)

千代は、新たな決意と共に刀を鞘に収める。その手が、ここに来た時以上に震えていた。

千代は一人、懐刀を隠し持ちながら、屋敷の中廊下を渡る。

(銀嶺様は、どこにいらっしゃるのかしら)

銀嶺の居場所をいつも把握している琥珀は、生活必需品を調達するために麓の町に出かけたばかりで頼れない。

銀嶺の私室だと聞いていた場所ものぞいたが、そこにもいなかった。

あと銀嶺がいるとすれば、離れにある別棟の蔵だ。

千代が住まわせてもらっている部屋から、その蔵に向かう銀嶺の姿を見たことがある。

千代は、少し迷ったが下駄(げた)をはいて、その蔵に向かうことにした。

しかしその蔵に向かう途中、外が騒がしいことに気づいた。

みれば、屋敷の正門から荷物が積まれた馬車やら荷車が入ってきている。

(龍神様の屋敷に、人が……。あ、あれって、花京院(かきょういん)家の家紋……?)

荷物を運び入れている人を見ると、みんな総じて五弁の花紋様が刺繍(ししゅう)された黒袴(くろばかま)を着ていた。

五弁の花紋様は、ここ一帯の神仕族の頂点である花京院の家紋だ。千代の生家である如月(きさらぎ)家の本家でもある。

(ああ、きっと貢物を持ってきたのね)

神に捧げる貢物を運ぶのは、花京院家の仕事の一つだ。

黒子に徹するかのように気配を消してはいるが、誰もが凄(すさ)まじい霊力を持つ術者だと聞いたことがある。

千代が今こうやって少し遠くから見ても、隠しきれない力をひしひしと感じ取ってしまうほどだ。

彼らの様子を脇からしばし呆然と眺めていると、その中の頭らしき男が千代に気づいた。

千代を見ると、さっと顔を険しくさせる。

「君、こんなところで何をしている。ここは、荒御魂の龍神様がお住まいになられている場所だぞ」

少し怒ったふうに言いながら、足音を鳴らして千代の方まで来た。声が想像よりも若い。そして足が長いのか、数歩で千代のもとへとやってきた。

「えっと、私は……」

「君は、如月千代！」

「は、はい、そうです！」

名乗ろうと思ったら、逆に言い当てられた。あと勢いがすごくて思わず肩をビクッとさせて、いい返事をしてしまった。

「何故、君が……。荒御魂の生贄花嫁として捧げられた君が、何故まだ生きているのだ？」

「す、すみません」

当惑したように男に言われて、千代は思わず謝ってしまった。

「いや、謝ることではないが……。しかし、捧げられた生贄花嫁をすぐさま食べるあの龍神様に捧げられて、どうして……」

それは千代にも分からない。むしろ教えてほしい。

「生贄として捧げられながら、この体たらくですみません……」

「だから謝ることではない。食べられないのなら、それに越したことはない……だが……」

と言って渋い顔をする男を千代は見る。千代も男をまじまじと見た。

やはり若い。千代よりも少し上ぐらいだろうか。この若さで、龍神の貢物の運び手を仕切っているということは相当なやり手か、花京院家の本家の者なのかもしれない。

「やはり龍神様に何かあったのか？」

「何かあったというのは、どういうことですか？」

「……いや、数ヶ月前から、龍神様の加護の質が少し変わられたような気がしてな。龍神様はご健在なのか？」

加護というのは、簡単にいえば雑多な妖が人里に降りてこないようにする結界のことだ。龍神は、妖から人々を守るために奉られている。

「ご、ご健在だと思います」

「そうか……」

というが、花京院の男はあまり納得していなそうな顔をしている。

だがふと顔をあげると優しく微笑んだ。

「しかし、千代殿が生きておられて良かった。千代殿が生贄花嫁に選ばれたと知った時は、本当に、花京院家としても寝耳に水でな……守れずにもうしわけなかった」

本当に申し訳なさそうに言われて、千代は目を見開く。千代は神仕族の如月家の出ではあるが、花京院家が気にするほどの家格はない。それなのにまるで目をかけていたかのように言われて戸惑ってしまう。

「私の名前は、花京院忠勝。そなたのご両親が亡くなられた後、千代殿と弟の柊殿は花京院家で引き取ろうという話もあったのだ。もしそうなっていれば、そなたは私の妹になっていた」

ハハと爽やかに笑う。

「……え？　花京院忠勝様と言いますと、次期花京院家のご当主様になられるという？」

花京院忠勝の名は有名だった。花京院家の有望な跡取り息子。霊術師として格が違うという噂を聞く。そして、叔父夫婦の自慢の娘、義姉の万里子の婚約者と聞いていた。

「そうだ。……そして君が今の如月家に引き取られてからは、私の許嫁は君だと親から聞いていた」

「え、私、ですか？　義姉の万里子ではなく？」

「やはり聞かされていないか。今の如月家当主は、本当に、ひどいな……」

静かに怒りを滲ませて忠勝が言う。

だが、千代は忠勝の話をそのまま受け取れない。そもそも、義姉の万里子との婚約ですら、正直信じていなかった。花京院家と如月家では、家格に差があり過ぎる。

千代の表情に映った困惑を見て取ったのか、忠勝は苦笑いを浮かべた。

「最近は、神仕族の中でも霊力の強い者が生まれにくくなった。その中で、千代殿は稀にみるほどの霊力を持っていたのだ。そなたを家に引き入れたい者は多かったのだが、まさか龍神様の生贄に捧げられようとはな……」

後半をため息交じりにそう嘆く。

「如月家の現当主は、花京院家を通さずに神仕協会に話を直接持っていき、千代殿を生贄花嫁として捧げてしまった。私は止めたかったのだが間に合わず……本当にすまない」

「あ、いえ……こちらこそ、気を回してくださっていたみたいで、ありがとうございます」

「しかし、本当に改めて不思議だ。千代殿のような霊力の高いものを側に置いて、何故あの龍神様が召し上がらないのだろうか……」

千代にとっても本当に不思議でたまらない。

「本当に、何故なのでしょうね……」

　忠勝と千代は二人そろって首を捻(ひね)る。

「お頭。搬入が滞りなく終わりました」

　忠勝の後ろから声がかかる。おそらく部下なのだろう。忠勝は振り返ると、ああと一言返してから千代に向き直った。

「すまない。私は行かせてもらう。このまま連れ出してあげたいが……」

「いいえ、お気になさらず。私は龍神様の生贄ですので」

　ここを離れるわけにはいかない。

　千代が本心からそう言うが、忠勝は痛ましそうに眉根を寄せた。そしてしばらくの沈黙の後、意を決したように忠勝は千代の耳に顔を寄せる。

「もしも、本当に逃げ出したくなったときは、これを使ってくれ」

　こっそり耳打ちした忠勝は、千代の手に何か丸い物を握らせた。

「え、あの、これは……」

　手に持たされたものを見ると、親指の先ほどの大きさの赤い宝玉だった。

「これは、駿転(しゅんてん)の術が施された霊具だ。よく知る土地ならば、行きたいと願うことで一瞬にして移動できる」

「え……!?　そんなものいただけません！」

霊具というのは、霊力を込めることで簡単に霊術を扱うことができる道具だ。霊具自体がかなり高価なものである上に、込められた術が好きなところに飛んでいける『駿転の術』となれば国宝級である。

「いい。受け取ってくれ。せめてもの罪滅ぼしだと思ってほしい。本当に危ないときは、これを使って逃げてくれ」

有無を言わせない口調で忠勝は言う。戸惑う千代に微笑みを浮かべた忠勝は、背中を向けて他の仲間のもとへといってしまった。

花京院家お抱えの運び屋たちは、正門の外でうやうやしく礼をすると、そのまま静かに去っていく。

千代は、手の中にある霊具を握りしめた。

（逃げる……？　銀嶺様を置いて？）

正直、逃げたいなどと考えたことがなかった。

それは、龍神の力を封じるという使命感によるものなのか。それとも、ただただ銀嶺とともにいるのが心地よいからなのか……。

千代は複雑な気持ちのまま、帯の中に霊具を納めようとしたとき、そこにすでに懐刀を差していることに気づいた。

(そうだわ。何をいまさら迷うの。……私は銀嶺様を刺して、力を封じると決めたはずよ)

迷いを振り切るように顔を横にふり、きっと顔を上げる。

余計なことを考えたくなくて、千代はまた歩き始めた。蔵に行こう。そこに銀嶺がいるかもしれない。

そして、この懐刀で刺すのだ。……千代が、銀嶺に情を移してしまう、その前に。

千代は、離れにある蔵の前についた。そして扉を見て目を見張る。

(鍵がかかっていない。ということは、やはり中にいらっしゃるということ?)

いつもなら鍵がかかっている。

千代は何度か「銀嶺様?」と呼びかけてみた。だが返答はない。

少し迷ったが、中に入ることにした。

中は、窓がなく薄暗い。扉の側に立てかけてあった燭台(しょくだい)を手にとる。少し埃(ほこり)っぽく、湿った臭いがした。

板張りの床は歩くたびに小さくきしむ。

ざっと見たところ、人から捧げられる貢物を収める蔵のようだ。先ほど花京院家が管理する運び屋が持ってきた箱と同じような木の箱が積み重なっている。

「銀嶺様？　いらっしゃいますか？」

そう声を掛けながら進むが、返答はない。

とうとう蔵の突き当りにまで辿り着いてしまった。

（でも、ここ、また戸がある……この先も部屋があるのかしら）

壁に行き当たったと思ったが、木造りの引き戸があった。こちらも鍵はかかっていない。

ここまで来たのだからと、千代が戸を引き開けると中は小さな四畳ほどの間があった。

畳張りで、長方形の文机と、座布団があるだけの殺風景な部屋。銀嶺はいない。

彼がいないのを認めると、千代はほっと肩を撫で下ろした。

銀嶺も今はどこかに出かけているのかもしれない。

そう結論づけて、そして安堵している自分に気づいた千代は思わず眉根を寄せる。

（いやだわ。ほっとなんてしてはいけないのに……）

懐に毒を塗り込んだ懐刀を隠し持った千代は、銀嶺を刺そうと思って彼を捜していたのだ。彼が出かけているとなれば、目的を達成できない。

「銀嶺様が、出会ってすぐに私を食べてくだされば、それだけで済んだのに……」

自分の手を汚さねばならないことに小さく嘆く。そしてそんなことを嘆いてしまった自分に気づいて、思わず自嘲めいた笑みがこぼれる。

「私って、よく考えたら、相当な卑怯者ね」

千代はずっと、自分の手を汚さずに、神を葬ろうとしていたのだ。自分が食べられることで毒を飲ませる。命を懸けてのことではあるが、あまりにも方法が受け身だ。人であろうと神であろうと誰かを陥れようとしているのに変わりはないのに、その覚悟を持っていないのだ。

でもそれではだめだった。銀嶺は何故か千代を食べようとしない。ならば、自分の意志で、自分の力で、銀嶺に毒を注がねばならない。

己の覚悟の足りなさにあきれていると、文机に置かれた四冊の本が目に留まった。

殺風景な部屋に、文机に積まれた四冊の本が異様に目立って見える。

(銀嶺様がこちらによく来るのは、この本を読むため?)

なんとなしに興味をひかれた千代は文机の前に座ると、燭台を置く。そして積まれた本のうちの一冊を手に取った。

表題は、『古より伝わる呪術』。

「呪術の本を何故、銀嶺様が?」

呪術というのは、人間が使うものだ。神である銀嶺には必要ない。

(そういえば、鰻のタレを付けた時にも、人が扱う術について詳しかった気がするわ)

タレを腕に塗った千代を見た銀嶺は、叔父一家が術でタレをかけたとか、脅迫したかもしれないなどと言っていたことを思い出しながら、その本をめくる。

すると赤で丸が付けられている箇所があった。

その頁(ページ)だけ、何度も開かれたかのように押し跡がついている。その頁に書き込まれた赤い丸の中には、『毒花(どくばな)の一族』という言葉があった。

千代は、思わずぞっとして手に取っていた本を落とした。ばさりと、静かな部屋に嫌に大きく音が響く。

毒花の一族。それは、千代の母親の一族だ。

千代が常にお守りのように身に着けている神の力を封じる毒というのは、この『毒花の一族』特有の呪術。

毒花の一族の女性だけが作れる毒だった。

(何故、銀嶺様は、毒花の一族の文字に赤い丸を?)

全身の血の気が引きつつ、千代はそこに積まれた別の本を手に取った。

そこにも、『毒花の一族』のことが書かれているところだけに赤い線が引いてある。

そして三冊目、四冊目と手に取って、そのどれもが、『毒花の一族』についての記述があるところに赤い線や何かしらの文字が書かれていた。

書かれている文字の中には『この地にはいなかった』という言葉も。

(もしかして、銀嶺様は、毒花の一族を捜しているということ?)

ぶるりと体が震えた。

毒花の一族は、今では潰えた一族だと思われている。神が人を庇護する時代に、神の力を封じる呪術を用いる毒花の一族は危険視され、迫害されたからだ。

故に毒花の一族がもつその呪術も滅んだと思われているが、身を隠し、力を隠し、いまだ細々と生きていた。かつての千代の母のように。

そして、千代も、母からひっそりと毒花の一族の術を受け継いでいた。

(何故、銀嶺様が、毒花の一族を? 生き残りがいると知って、始末しようと……?)

ぞっとした。もし千代が毒花の一族の生き残りだと知られたら、殺されるかもしれない。

そして当然、一族の女だと知ったからには、どうあがいても千代を龍神は食べてはくれないだろう。龍神の力を封じることすらできないのだ。

そう思い、途端に身動きが取れなくなって思わず立ち尽くすと……。

——ガタンガタン。

重たく硬い何かが動いたような音がした。

ハッとして千代がキョロキョロと部屋の中を見回すが、誰もいない。

しかし、まだガタンガタンという音は続いている。

しばらく音に耳を澄ませ、その音が下から聞こえることに気づいた。

だが、この部屋は一階で、床は畳だ。

（地下に、部屋があるのかしら）

そう思って、音の聞こえる畳に、耳を押し当てる。やはり下から聞こえる。

畳はかなりの重量があるはずなので無理かと思ったが、思いきり力をこめると思いの外すんなりと持ち上がった。

するとそこには、隠し扉があった。そしてその扉の向こうから音がする。

「これは……」

小さな扉をまじまじと見てから、千代はあたりを見回した。

銀嶺は、一度外に出るとなかなか帰ってこない。まだ時間はあるはずだ。

千代は、隠し扉に手をかけて引っ張るようにして持ち上げた。

ぶわりと、ほこりとカビの臭いが広がる。

「けほ、けほ……本当に、地下室が……」

木造りの段差の急な階段が辛うじて見えるが、その奥までは見えない。

しばらく迷ったが、千代は燭台を手に取って、地下への階段を下ったのだった。

屋敷には、結界が張られている。龍神が許可したもの、例えば先ほど屋敷の敷地内に入ってきた花京院家の運び屋といった関係者以外は屋敷に出入りできない。

鼠一匹だって通さないほどの強い結界なのだ。それなのに、地下に響く正体不明の音。

千代は、恐怖を堪えて地下への階段を下ると、土間にたどり着いた。

とても広く、手に持った燭台の明かりだけでは壁が見えないほどだった。

そして排泄物のような名状しがたい臭いがする。思わず鼻に手を置いて顔をしかめた。

この部屋に何があるのか確認するため、一歩一歩慎重に足を進めると、何か固いものを踏んだ感触がした。

足元を見てみると……。

「ひっ！　ほ、骨……!?」

千代はあわてて足をどけた。

獣の、おそらく猪かなにかの頭蓋骨が、床に落ちていたのだ。よくよく見れば、床には、猪だけでなく他の獣などの骨も落ちている。あまり考えたくもないが、人骨らしきものさえあった。

心臓をバクバクさせながら、見たくないと思うのにどうも視線が外せずに床を見ていると、大きな黒い鱗が落ちていることに気づいた。

おそらく、これは銀嶺の本来の姿である黒龍の鱗。

「もしかして、ここ、銀嶺様が食事をしている場所……？」

黒い鱗は食事などの最中に取れてしまったものだろうか。

千代は愕然とした。

ここに来てから、異様に優しい銀嶺しか見てなかった。だからこそ、この、獣の巣のような、獣じみた彼の痕跡に衝撃が隠せない。

今自分が歯向かおうとしている存在の恐ろしさを改めて思い知ったような気持ちだった。

――ガタンゴトン

再び大きな音がして、千代は肩を跳ねさせる。

思わず音がした方に目を向けると、そこには壺があった。

人が一抱えして持てる程度の大きさの壺。壺の上にはしっかりと蓋がされ、札が数枚厳重に張られている。

その壺が、ひとりでに揺れて床に打ち付けてはガタンゴトンと音を鳴らしていた。

上にいた時に聞こえてきた音は、この音だ。

(何？　どういうこと？　この壺の中に、何か、いるの……？)

恐る恐るという足どりで、その壺のほうまで歩み寄ろうとした時だった。

「千代、何故ここにいる！」

焦ったような声がして、バッと後ろを振り返ると、そこに銀嶺がいた。

ここまで走ってきたのか、息も荒く、額に汗を浮かべて険しい顔で千代を見ていた。

あまりの迫力に、千代が何も答えられないでいると、銀嶺は千代のほうまで行ってその手を引いて抱きしめた。

「大丈夫か⁉　何もなかったか⁉」

心配するような声色に、衝撃で固まっていた千代は次第に困惑してきた。

(何もないって……なんのこと？　何をそんなに銀嶺様は焦っているの？　この部屋には一体何が……)

困惑する千代の無事を確かめるかのように銀嶺は強く千代を抱きしめる。そしてしばらくして落ち着いたのか、身体(からだ)を離した。

「ここに、千代を長居させたくない。行くぞ」

「え？　あ……」

少し強引に手を引っ張られ、千代はただただついていくしかなかった。まだ、衝撃が抜け切れていない。

地下から上がり蔵からでると、先ほどまで薄暗い部屋にいたため日の光が異様にまぶしく感じられた。

「千代、何故あんな場所に一人で入っていったのだ」

「あ、その、申し訳ありません」

強い口調で責められた千代は、怯えたように謝罪を口にする。

それを見た銀嶺は、ハッと息をのんでから、千代を再び抱きしめた。蔵の地下の時とは違う、優しく包み込むような抱擁。

「すまない。千代を責めているわけではない。この屋敷の中では自由にして暮らして構わないのだ。だが……あの場所だけは入らないでくれ」

切羽詰まったような響きの懇願に、千代はますます困惑する。

「何故、ですか……？」

顔をあげ、銀嶺の顔を見ながらかすれた声でそう問うと、銀嶺は悲しそうに視線を逸らした。

「理由は、言いたくない……」

それだけをどうにか返答するのが精いっぱいという風だった。

千代は思わず眉根を寄せる。先ほどからずっと何がなんだか分からなかった。

銀嶺が何故、毒花の一族を捜しているのか、あの地下に散らばった骨はなんなのか、そして、あの動く壺はなんだ。

そして、何より、どうして生贄であるはずの千代をこれほど心配して、優しく扱うのか。

まるで宝物のように優しく触れて、誰よりも愛しいと言いたげな顔で微笑むから、千代は覚悟ができないのだ。

訳の分からないこの状況は、千代からわずかに残っていたはずの冷静さを奪っていった。

「どうして、銀嶺様は、私を食べてくださらないのですか⁉」

「それは……」

「もう言い訳は聞きたくありません。私は食べられるために、ここに来たのです！　それなのに！　どうしてそんなにお優しいそぶりをするのです⁉」

もっと分かりやすく残忍な神であったなら、どれほど良かったか。それならば、これほどためらわずに刀を向けることができただろう。

いいやそもそも、残忍で冷酷な噂通りの神であってくれたなら、出会い頭に情の一つも見せずに食べてくれたなら、千代が刀を取る必要だってなかったのだ。

千代は今まで善良に生きてきた。誰かに打たれて傷つけられることはあっても、誰かを傷つけたことはない。

そんな小さな誇りだけを大切に抱えて生きていたというのに、今やその誇りもどこかに散っていこうとしている。

龍神にとってはあまりにも理不尽な怒りだろうとは分かっているのに、千代はもう感情が止まらなかった。

「千代を食べることなどできない。私は……そなたを大切に思っているのだ」

困ったように、悲しそうに紡がれた銀嶺の言葉に、千代は息が詰まった。

なんで、なんでそんなことを、大切だなどと言うのだろうか。

期待してしまうではないか。銀嶺が優しい神で、千代も、弟だって食べるつもりが本当にないのだと。しかしそんなことはあり得ない。

地下には、獣の骨が多かったが、確かに人の骨もあった。この目の前の優しそうに見える神は、確かに人を食べる荒御魂の神なのだ。

「嘘、嘘です！　ではあの部屋にあった人骨はなんなのですか⁉　食べたのでしょう？私も同じように召し上がればいいのです！」

「ちがう。私が食べたものではない。あれは……」

と何かを言おうとするが、苦々しい顔をした銀嶺は口をつぐんだ。

何故続きを口にしないのか。それは、千代の言っていることが正しいからではないのか。

千代の中の疑う心がどんどん膨らんでいく。

「何を言おうとも私はもう信用できません」

千代の言葉に、銀嶺が悲しそうな、傷ついたような顔をした。

「だが……千代が言ったのではないか。死にたくないのだと」

「私、そんなこと……」

言っていない。言っていないはずだ、少なくとも、銀嶺の前では。

「……ここに来てから、千代はずっと不安そうだ。私はどうすれば良い？　どうすれば千代は安心できる？」

銀嶺が、気づかわしげにそう声をかけてくれた。

安心など、できるはずもなかった。

もういっそのことすべてを打ち明けて、弟ともども食べないで欲しいと懇願すればいいのだろうか。きっと優しく振舞っているように見える銀嶺なら『食べるわけがないだろう』と、そう言ってくれると期待して。

銀嶺にそう言われれば、よかった、やっぱり食べる気などないんだと、そう単純に信じようとしたかもしれない。

そうできたらきっと楽になれる。

もし自分ひとりの命だけならば、そうしていた。

だが、千代には弟がいる。自分が安易に信用して弟に危害が及ぶことを考えたら、どうしても踏み出せない。

両親が死んでから、千代は人を信用することが怖くなった。

叔父夫婦も、千代を引き取ろうと名乗り出てきた時は、優しかったのだ。

『私たちの娘におなりよ。同じぐらいの年の娘もいるし、きっと楽しい家族になれる』

叔父から笑顔でそう言われて、千代はすっかり信用してその手を取った。

そして、行きついたのが現状だ。

千代は両親の遺産を奪われ、弟ともどもひどい扱いを受けてきた。

弟が苦労をしたのは、自分のせい。自分が、安易に人を信用したから、こんなことになったのだ。

だからこそ、弟を猶更守らねばならないと思っていた。こんなことに巻き込んだのは自分のせいだからと、そう負い目を感じて。

千代は唇をかみしめてから、帯に差していた刀をとりだした。

毒を塗った懐刀。

その鞘を抜いて、銀嶺に突き付けた。

「この刀をご自身の首に刺してください。そうしていただければ、私は安心できます」

強張った顔から震える声が漏れる。

一体自分は何を言っているのか、自分でも分からない。

（でもいいわ。こんなこと言われたら、さすがの銀嶺様も怒って私を食べてくれるかもしれないもの）

そう思って、いつ食べられても構わないという気持ちで目を閉じると。

「そうか、分かった」

という穏やかな声が聞こえてきた。

はっとして目を開くと、銀嶺のしなやかな手が、千代が握る懐刀を優しく奪う。

そして易々と自身の首の横に刀を添えた。

今にも、鋭い刃が、銀嶺の白い首すじに傷をつけようとした時……。

「ま、待ってください！」

体当たりするように、千代は刀を持った銀嶺の腕をとった。そして手から刀を振るい落とす。地面に刀が落ちる乾いた音が響いた。

「どうしたのだ。一体……」

戸惑う銀嶺の声を聞きながら、千代はキッと睨みあげた。

「どうしてそんなことをなさろうとするのですか！」

「千代が、そうすれば安心できると言ったのだろう？」

何でもないように言われて、千代は面食らった。

「それは……！　そう、ですけど……」

我ながら、自分の馬鹿さ加減は分かっている。

「ああ、そうか。私が死した後のことが心配なのだな？　確かに、そなたを残すというのに、後のことを考えていなかった。すまない。そうだな、この地から離れた方が良いだろうが……後のことは琥珀が上手くやってくれるよう手配しておこう」

平然と自分が死んだ後のことを伝えてくる銀嶺に、千代の心中にふつふつと怒りに近い感情が湧いてきた。それは銀嶺に対するものではなく、自分自身への憤り。

「違う、違います！　私が心配しているのは、そんな……ことではなく……！　どうして、私の言うとおりに自身を傷つけようとなさったのかということです！」

自分が悪いと思っているのに、何故か相手を責めたくなる。まるで子供の癇癪のようだった。いい年をして癇癪を起こす自分が恥ずかしいとも思うのに、しかし昂る感情が止められそうもなかった。なんて面倒な人間なのだろうか。自分が自分で嫌になる。

銀嶺の胸板を握った両の拳で叩き、彼の顔が見られなくて俯く。気づけば視界が滲んでいる。涙がこぼれていた。

（また泣いてしまった。どうして、銀嶺様の前だと泣けてしまうのだろう……）

これでは、本当に銀嶺の言う通り泣き虫だ。

「千代のためなら死んでもいい」

混乱する千代の頭上から、穏やかな銀嶺の声が響く。

顔をあげると、優しく、穏やかに微笑む銀嶺の姿がそこにあった。日差しのせいか、それともまた別の何かなのか、あまりにも眩しく見えて思わず目を細める。

「千代が、私が死ぬことで安心できるのだとしたら、それで構わない」

追い討ちをかけるかのような銀嶺の言葉に、もう千代は敵わないと思った。

全身の力が抜けていく。そんな千代を心配してなのか、銀嶺が千代の背中に腕を回して支えてくれた。

千代は、銀嶺の胸にもたれかかるようにしてぽろぽろと涙をこぼす。

銀嶺の藍色の着物に、涙に濡れた染みが広がっていく。優しく落ち着かせるように、銀嶺が千代の背中をさすってくれていて、その優しい手つきが余計に千代の涙を呼ぶ。

もう無理だと思った。彼を害することなどもう千代にはできない。

「……銀嶺様、どうか、弟を……弟を助けていただけないでしょうか」

鳴咽を堪え、掠れた声で千代はそれを口にする。

首を切れといったその口でなんと虫のいいことを言っているのだろうと、自分でも分かっている。あまりの身勝手さに、罪悪感が込み上げる。

「そうか。そうだったな。弟がいたな。もちろん、そなたが望むのならばその全てを叶えよう」

干からびた大地に降る恵の雨のように、銀嶺の言葉は千代の心に染み渡っていく。

今まで、もう誰も信用しないと頑なになっていた心が和らいでいく。

最初から、こうしていれば良かった。

いや、初めにそうしていたとしても、きっと銀嶺の言葉を素直に受け止めることはできなかっただろう。ほんの少しの間、銀嶺とともにいる時間があったからこそ、彼の言葉を信じてみたいと思える。

再び、千代は嗚咽をあげて泣きじゃくった。

こんなに、子供のように泣くのはいつ以来だろうか。

両親が亡くなり、叔父に裏切られたのは、千代がまだ八歳の時。まだまだ幼かった。親に、大人に甘えたい盛りだった。しかし、弟を守って生きていくためには急いで自分が大人にならざるを得なかった。

それ以降、友人の白蛇の前で少し涙を見せることはあっても、こんなふうに子供のように泣いたことはない。

今まで我慢してきた涙が一気に溢(あふ)れ出してしまったかのように、千代は泣くのを止められなかった。

# 第三章　食べられたかったけど実家に帰る

痛い、痛い……。

ビシビシ、と鋭い音が鳴るたびに千代は悲鳴をあげた。

「私の大事な首飾りを盗んだ上に壊すなんて！　一体どんな教育を受けたらそんなことができるんだい⁉」

千代を引き取った叔父の妻・蘭子はそう怒鳴り散らしながら、四つん這いでうずくまる千代の背中を鞭で打つ。

今朝、蘭子は鍵付きの化粧台の引き出しに入れていたお気に入りの真珠の首飾りがなくなったと朝から大騒ぎしていた。千代も柊も使用人総出で捜し回った結果、なんと千代の鞄の中にちぎれた首飾りがあるのが見つかったのだ。

これを知った蘭子は、千代を盗人と呼び激昂した。

もちろん、千代は盗みなどしていない。誰かに……鞭うたれる千代を見て楽しそうに笑っている叔父夫婦の一人娘・万里子に仕組まれたのだ。

「違う！　姉上はやってない！　やったのは万里子だよ！」

弟の柊が泣きながらそう訴えると、千代を鞭うつ蘭子の動きがぴたりと止まる。

「私の可愛い万里子がそんなことするはずがないでしょう!?」

血走ったような大きな目をぎろりと柊に向けてそう怒鳴りつけた。

「本当にひどいわ。どうして私がそんなことをするの？　だいたい首飾りは、千代の鞄の中にあったのよ？」

くすくす笑いながら、万里子が高みの見物とばかりにそうのたまう。

千代は唇をかみしめた。犯人は間違いなく万里子だ。なにせ先ほど、蘭子が来る前に本人がそう言ったのだから。

わざわざ千代と柊の目の前で、盗んだ首飾りを引きちぎった。そして、千代の鞄の中に首飾りがあったと声高に叫んだのだ。

千代がどれほどやってないと言っても、誰も信用しない。何を言っても味方はいない。そうと分かって、万里子はこの茶番をただただ見たいがために嘘をついて千代たちを陥れる。

万里子は、いつもそうだった。

「ねえ、お母さま、もしかしたら首飾りを盗んだのは、柊なのかもしれないわ。だって、私のせいだなんて平気で嘘をつくんだもの」

楽しそうに万里子がそういうのが聞こえてきて、千代はハッと顔をあげた。

「確かに、そうねえ……」

短い鞭を自身の手に軽く打ち付けて、蘭子が柊のもとに行こうとする。

千代は慌てて蘭子の足元にしがみついた。

「私です！　私がやりました！　弟は関係ありません！」

「あ、姉上……！」

目を見開いて、柊が千代を見る。千代は弟の目をしかと見ながら首を横に振り、もう何も言うなと訴える。何を言っても、言った言葉が真実だとしても、だれも信じてくれないのだから。

「やはり、お前か！　まったく！　やはりあの女が産んだ子供だねえ！　汚らわしい！」

そうして蘭子の鞭がまた振り上げられた。またぶたれる。また……。

「は……！」

目を開けると、木目模様の天井が見えた。そして真新しい畳の匂い。

ここは、銀嶺(ぎんれい)から千代に与えられた寝室だ。

（あれ、私、夢を……？）

叔父たちと屋敷にいた時の、嫌な記憶。

「そうだ。私……今は銀嶺様のところにいるのだったわ」

そうこぼして少しばかり安堵した千代が、身体を起こそうとしたときに気づいた。左手が何かを握っている。

「えっ⁉　銀嶺、様……⁉」

握っていたのは、銀嶺の美しい手。

銀嶺は、千代の布団の隣、つまりは畳の上にそのまま体を横たえて眠っていた。加えて藍色の長襦袢の胸元が少しはだけており、妙に艶めかしい。

「な、なんで、銀嶺様がここに⁉　それに、布団もかけていらっしゃらない！」

はだけた胸元を見ないようにと、自分が使っていた掛け布団をぐいぐいと、空いている右手で押し付けるようにしてかける。

千代がバタバタしてしまったためか、銀嶺の長い睫毛が震えて薄らと瞼が開く。中から宝石のような黄緑の瞳が見えて、千代は思わず見惚れてしまった。

美しい黄緑の瞳は、呆けたように宙を見るが、千代を捉えた瞬間にさらに輝きを増した。

そして優しく細められる。

「おはよう。千代」

あまりにも甘やかなその声に、千代はやっと昨日のことを思い出した。

千代が自分の気持ちを吐露した後、情けなくも子供のように銀嶺の胸の中で泣きじゃくってしまった。

そしてそのまま泣き疲れて眠ってしまったのだ。瞼が異様に重いのは、泣きすぎて腫れたためだろう。

（いやだ。本当に、私、子供みたいだわ……）

恥ずかしさに思わず顔が赤くなりつつも、「お、おはよう、ございます」と消え入るような声で、挨拶を返した。

すると、銀嶺も身体を起こす。何故か千代の手は握ったままだ。

「あ、あの、手が……その……」

「ああ、千代がなかなか離してくれなくてな……」

くすりと笑って銀嶺が言う。

千代の顔は、これ以上赤くなることはないだろうというぐらいに赤くなった。

まさか、自分から手を握って離さなかったのだとは思わなかった。そのせいで、神である銀嶺を畳の上に寝させてしまう大失態。

「わ、わわわ、私が、離さなかったのですか!?　す、すみません！　昨日は気づいたら寝てしまっていて……！」

慌てて手を離そうとする。しかしそれは許さないとばかりに銀嶺が強く握る。そしてそのまま自分の口元に持っていった。

銀嶺の柔らかい唇が、千代の左手の甲に触れた。

あまりのことに手を引っ込めることもできず、口をわずかに開けて、千代の手の甲に接吻をする銀嶺を見る。

「そなたのこの手が、まるで私のことを必要だと言っているように離さないので、愛しくてたまらなかった」

体中の血という血が顔に集まってきたかのように熱い。もうこれ以上赤くなることはないと思っていたのに。

千代は、フラフラになりながらもなんとか銀嶺に握られていた自身の手を引っ込めた。今回はそれほど強くは握られていなかったのか、さらっと解放された。

すると銀嶺が名残惜しそうに千代の手を目で追うので、なんだかたまらなくなって千代は顔を逸らす。

強制的に銀嶺を視界から外さなければ、千代は倒れてしまいそうだった。

「銀嶺様、あの、昨日は大変な失態をお見せしてしまいまして申し訳ありません」

何とかそう言って意識的に呼吸を整える。何もしていないのに、息が絶え絶えになっていた。

「千代に失態など何もなかったと思うが」

不思議そうに返された。いや、あっただろうと千代は突っ込みたくなったが、どうにか抑え込む。

「恐れ多くも、私は銀嶺様に刃を向けたではありませんか。これが失態でなくなんだとおっしゃるのです？」

消え入りそうな声でそうこぼす。恥ずかしくて銀嶺の様子を見ることはできない。

「刀を己の首にあてたのは、私だ。あれは千代の失態ではなく、千代の気持ちに気づけなかった、私の失態だった」

「いやいやさすがにそれは無理があります！　銀嶺様は！　私に甘すぎます！」

もう耐えられなかった。違う違うと首を横に振る。

「そうだろうか？」

「そうです！」

「……なんだか、少しだけそなたは、柔らかくなったな」

「え？」

そうだろうか。でも、そうかもしれない。少なくとも、銀嶺に対する気持ちの向け方は変わった。

「そういえば、そなたの望みを叶えると言ってまだ叶えていなかったな」

銀嶺から振った話にハッと顔を上げる。

「弟のことでございますか?」

「そうだ、弟を助けてほしいのだったな?」

「は、はい!」

背筋を伸ばして返事をする。

「すまない。千代を私の側に置けたことで満足してしまい、千代の気持ちを無視していた。そうだった。千代にも大切な者がいたのだったな」

そう言って、右手を伸ばした銀嶺が、そっと千代の頬に触れる。愛しそうに親指で優しくなでる。

(なんというか……銀嶺様の距離感がぐっと近くなった気がする……)

触れるか触れないかぐらいの繊細さで頬を撫でられ、少しだけくすぐったいが心地よい。

指先から、銀嶺の優しさが伝わってくるかのようだった。

「あの、その、弟が五年後に、私と同じように生贄に捧げられる予定なのですが、どうか、弟も食べないでいてほしいのです」

「そうなのか。それはもちろん構わないが……弟は今どこにいるのだ？」

「叔父のところにいると思いますが」

「そなたがよいのなら、今からでも弟をこちらに移すのはどうだろうか」

思ってもみなかったことを言われて、千代は目を丸くする。

（そうだわ。確かに、このまま叔父一家のもとに置くのも不安。もしこちらに連れてきても良いというのなら、それ以上に嬉しいことはないわ……）

龍神との暮らしは、叔父一家と過ごした日々とは比べようもないほどに快適だ。

弟のためにもこちらに連れてきた方がいい。

「よろしいのですか？」

「もちろんだ。私は構わない」

「で、では、是非弟も……」

連れてきたいと言おうとして、口をつぐむ。

さすがに都合がよすぎるのでは？　と誰かを信用することに慣れていない千代の脳裏に一抹の不安がよぎる。

「その、弟を連れてきて……本当は、私もろとも食べる気とかではありませんよね？」

銀嶺が、鳩が豆鉄砲を食ったような顔をした。

抜けきれない癖で人を疑ってしまった千代は「あっ」と慌てて声を出して縮こまった。

「す、すみません。こんなに良くしてくださる銀嶺様を疑うなんて……」

「……いや、そなたが疑うのも当然だ」

「えっ、そんなこと……」

「分かっている、分かっているぞ……」

どこかしたり顔で銀嶺が何度も頷く。

千代は何となく嫌な予感がした。

今まで、銀嶺がこんな風に『分かっている、分かっているぞ』というような顔をした時は、大体何も分かっていない。見当違いな方向に暴走して、千代が住んでいた地域一帯を焦土に変えようとするのだ。

「あの家で虐げられ、裏切られ続けてきたそなただ。誰も信じられなくなる千代の気持ち、分かるぞ」

「まさか言い当ててくるなんて！」

今までと違ってまさしく銀嶺は千代の心情を言い当ててきたので思わず驚嘆の声が気軽な感じで漏れる。

「辛い思いをしたな、千代。だが、もうそんな思いはさせぬ。そうだ、やはりあのあたり一帯は、この私の力ですべてを破壊しつくそう。そうすればより一層安心だろう？」

「ひとつも安心できそうにないのですが！」

銀嶺は今から人里を滅ぼしてくるとばかりに肩を回し始めた。

千代の心情を見事言い当ててきても、村を焦土にしようとするのは変わらないらしい。

「あ、あのあの、銀嶺様！　落ち着いてくださいませ！　あの、別に破壊しつくさなくてもいいのです！」

「何故だ？　あれほどの目に遭っていながら」

「お、弟もまだおりますし！」

「弟……！　そうであった。私としたことが……すまぬ。少し冷静さを欠いていたようだ」

どうやら思い直してくれたようだ。千代はほっと胸を撫でおろす。

叔父一家は確かに憎いが、だからといってその周辺一帯を滅ぼしてしまうのは後味が悪すぎる。

「そうだな。やるのは弟をこちらに連れてきてからにしよう」

妙案を思いついたとばかりに笑顔でのたまう銀嶺に、千代は肩から崩れかける。

「あ、あの、銀嶺様、その、銀嶺様のお気持ちは嬉しいのですが、そのようなことはせずとも良いのです。私はその、構いませんので。むしろちょっとやめてほしいと言いますか……」

千代が一生懸命つたないながらも銀嶺を止めようとすると、銀嶺は目を丸くしてしげしげと千代を見やる。

「千代は……優しいのだな」

「優しいわけではないと思います……」

千代は、自分を優しいなどとは思ったことはない。叔父のことは憎んでいるし、弟のために銀嶺を刺そうともした。銀嶺を止めているのは、さすがにそれは後味が悪いという自分本位な理由だ。

それなのに真剣な顔で何度も「千代は、本当に優しい娘だ」と感心する銀嶺を見て、思わずくすりと笑みが浮かぶ。

(私よりも、銀嶺様のほうがずっとお優しいわ)

そんなことを思って、穏やかに笑っていると……。

「そういえば……もう良いのか？　そなたは……食べられたがっていたようだが」

と、真面目な顔で唐突に質問された。

素直に、『食べられたかったのは毒花の一族に伝わる毒で龍神の力を封じるために』と言って謝罪しようと口を開きかけたが、言葉にならずにすぐ閉じた。

昨日、蔵の中で見た書物を思い出したからだ。

銀嶺は、『毒花の一族』を捜している。毒花の一族は神をも封じることができる毒を作り出せる一族。神に疎まれて、滅ぼされたとされた一族だ。

毒花の一族がどこかで生きていると知った銀嶺は、今度こそ滅ぼそうとして捜しているのではないだろうか。

そんな不安が、頭をよぎる。

「どうかしたのか？　顔色が悪い……」

気づかわしげな銀嶺の声にハッと我に返る。

少しだけ瞳を左右に揺らしてから、千代は口を開いた。

「その、そのことはもう、大丈夫です……」

それだけを答えるので精いっぱいだった。

銀嶺の綺麗な瞳を見ることはできずに俯く。

「そうか……。それならいいのだが」

目の前から聞こえる銀嶺の言葉にも張りがない。おそらく千代の態度から、なにか隠し事があることには気づいているのだろう。でも、気づかないふりをしてくれている。

「……申し訳ありません」

力なくそう声を出し、千代は頭を下げた。

(銀嶺様は、本当にお優しい方。それに比べて私なんて……本当に、少しも優しくないわ)

己と弟の命の恩人を、こうもたやすく欺こうとする己が嫌で嫌でたまらなかった。

翌日、千代は銀嶺とともに空を駆けて、懐かしい故郷へと帰ってきた。

龍神の屋敷(やしき)は、荒川(あらかわ)の源流となる場所からほど近いところに構えてあるが、千代の故郷、如月(きさらぎ)家の屋敷がある場所は、そこからもっと下流に下ったところにある。都市部と比べれば緑が目立つが、それなりに発展しており人の通りも家屋も多い。

銀嶺と千代は、如月家の屋敷にほど近い竹林に降り立ってから歩き出した。

すれ違う人々が常人離れした容姿の銀嶺を見て目を見開き、そして生贄に捧げられたはずの千代の姿に遅れて気づいてさらに目を丸くしていた。

中には、叔父夫婦に知らせにいったのか、どこかに急いで駆け出すものもいる。

程なくして、如月家の門前にたどり着いた。

門の向こうには、小さな庭園があり、その向こうにレンガ造りの屋敷の外壁が見えた。今流行りのヴィクトリアン風の洋館は、最先端で洗練されているはずなのだが、何故かどこか廃れて見える。

今まで屋敷の手入れをしていた千代を生贄に出したことで、手が回らなくなったのだろう。至る所で蔦が壁を這い上ろうとしていた。

一方で屋敷に至るまでにある庭の芝は辛うじて整えられていた。その庭には石を敷き詰めて作られた小道があり、左側に伸びている。門からは見えないが、その道の先に屋敷の玄関扉があるのを千代は知っている。

如月家は神仕族の中でも下っ端の下っ端ではあるが、一応は上流階級だ。

屋敷だけはそれなりに立派なものを構えていた。

ここは千代にとっても特別な場所。両親が死ぬまでは、この家で家族で穏やかに暮らしてきたのだ。あの頃は、この屋敷が大好きだった。家族が待っているこの場所が。

しかし両親が亡くなり、叔父一家に家を乗っ取られて、千代の居場所は無くなった。母の形見ともいえる、毒花の一族のことが書かれているはずの母の手記さえも、この屋敷には見当たらない。

大好きだった我が家は、千代が一番嫌いな場所になってしまった。

「……ここです」

門前まで銀嶺を案内した千代がそう言ったところで、人影が見えた。

「お前！　何故ここに！　生贄に捧げたはずだろう!?」

という怒声と共に現れたのは、叔父、如月正雄だった。後ろにはどこかで見たことがある顔がある。戻ってきた千代を見つけて慌てて叔父に報告しにいった村人の誰かなのだろう。

千代は慌ただしくこちらにやってくる叔父を見つめ、他に人がいないのを見てとったあとほっと胸を撫で下ろした。そして遅れて気づく。

（あれ、どうして今、私、ほっとしたのだろう）

そう、自分自身の心の動きに戸惑っていると……。

「おい、なんとか言ったらどうだ！　何故ここにいるか早く言え！」

叔父の怒声が響き渡り、あまりの声量に千代は思わずきゅっと体を縮めた。

「まさかお前、龍神様のところから逃げ出したのか!?　お前が逃げたとばれて報奨金をとりあげられたらどうする！」

そう言って、眉を吊り上げて千代に向かってきた時だ。

「黙れ」

地の底から響くような声がした。声の主は目の据わった銀嶺だ。彼が軽く腕を振るとそこから風が巻き起こった。

「う、うわあ……！」

正雄は情けない悲鳴をあげながら、風に煽られて尻餅をつく。

千代を庇うように銀嶺が前に出た。

ここにきて、初めて正雄は千代の他に誰かいたことに気づいたらしい。愕然とした表情で銀嶺を見やった。

「お、お、お前は！　お前は、だ、誰だ！」

気位の高い正雄が、尻餅をつきながら銀嶺に挑むように問いただす。

しかし、銀嶺は正雄には目もくれず、振り返って千代の肩に手を置いた。

「千代、大丈夫か」

ハッとして顔を上げると、気遣わしげに千代を見つめる銀嶺の眼差しがあった。

彼に名を呼ばれると、何故か心が温まるような心地がした。

千代の肩に置かれた手が背中に回り、気づけば銀嶺の胸の中へ。

「大丈夫だ、千代。私がいる」

耳元で優しくそう囁かれる。銀嶺の温もりに包まれて、やっと千代は肩の力を抜くことができた。

守られている。千代は、そう感じた。

千代にとって、守られていた時の記憶はもうずっと遠い。幼い頃、母や父が生きていたころ、確かに千代は守られていた。両親の温もりの中で安心して暮らしていけた。

だが両親が亡くなってからは、弟を守ることだけを考えていた。幼くして千代は守られる側から、守る側へと回らなければならなかった。これから先もずっとそうやって生きていくのだと、そう思っていた。

「お、お前、わしを無視するとは何様のつもりだ……！」

と正雄がさらに激昂して叫ぶ。そんな正雄を銀嶺はつまらないものを見るような視線で見てからまた千代に向き直った。

「さすがにもう滅ぼしても良いな？」

「叔父の無礼は謝りますので、どうか落ち着いてください」

銀嶺の提案に千代は冷静に諌めた。

叔父の屋敷に行くと決まった後、千代は銀嶺に気軽な気持ちで滅ぼそうとしたり潰そうとしたり焦土にしようとしたりしないようにと念を押していた。

　銀嶺は渋々といった顔でよっぽどのことがない限りは我慢しようと請け負ってくれたのだが、もう我慢の限界らしい。さすがに早すぎる。

「千代が謝る必要はない。分かった。千代の言う通り落ち着こう。せめて弟を安全な場所までつれていかないとな」

　千代としてはできればご近所の方のためにも弟を連れ出した後も穏やかにいてもらいたかったが、ひとまずは大丈夫そうでほっと胸を撫で下ろした。

　だが、そのやりとりを横で見ていた正雄はさらに目を怒らせた。

「なんだ、さっきから何を話している！」

　と二人に正雄が怒鳴った時だった。

「まって、お父様！」

　と可憐(かれん)な声を響かせて、蝶(ちょう)の刺繡(ししゅう)を施した着物に身を包んだ女性が割って入ってきた。

　癖のある髪はきちんと手入れされたと分かる光沢を放っていて、すこし垂れたような目に、大きな黒い瞳。庇護(ひご)欲をそそるような甘い顔立ちの、女性だった。

　千代は、ズキリとした鈍い痛みを感じた。

「万里子様……」

　千代は現れた女性の名前を呟(つぶや)く。如月万里子。叔父の一人娘で、千代の従姉妹(いとこ)にあたる。

周りからボロ雑巾のように扱われていた千代と違い、万里子はみんなに愛されてきた。

その愛くるしい顔と甘ったるい声色で、誰をも夢中にさせてきた。

如月家の、美しい花。けれども万里子は、明らかに自分より立場の弱い者には厳しかった。千代も、柊も、よく彼女に虐められた。

思わず手が震えた。叔父夫婦の罵倒や暴力よりも、千代は何よりこの万里子が恐ろしかった。

万里子は、千代が一番辛いと思う意地悪をしてくる。

正雄のように直接、叩いたり怒鳴ったりもしない。

それでも、万里子が一番恐ろしい。

「あなた、落ち着いてくださいな」

万里子に続いて、また新たに女性が現れた。万里子によく似た美しい顔の女性だ。

如月蘭子という、正雄の妻で万里子の母親だ。

蘭子は正雄の隣までゆったりと歩くと諭すような顔で口を開いた。

「このただならぬ神気をご覧になって。この方こそ、龍神様に違いないわ」

「へ、龍神様……!? そんな……」

蘭子の指摘に正雄は目を丸くすると、戸惑うように銀嶺に視線を移す。

正雄とて、一応は神仕族の一人。霊力はあまり持ち合わせていないが、それでも常人よりかはそれを感じ取る力は持っている。

正雄は銀嶺の周りに立ち上る神気を見てとって、やっとこの事態を把握したらしい。

「あ、あ、も、申し訳、ございません！」

正雄は土下座になって頭を地面にこすりつけた。かわいそうなほどにがくがくと身体を震えさせている。

そして、万里子が銀嶺の前に進み出た。

「龍神様、どうか父の無礼をお許しくださいませ。龍神様に捧げた生贄が戻ってきたことで気が動転してしまっただけなのですわ」

万里子はそう言って、両手を組んで哀れっぽく上目遣いで銀嶺を見やる。今にも泣き出しそうな顔で、大きな目に涙を溜める。そこにいるのは、まるで悲劇のヒロインのような可愛らしくも美しい女性だった。

「お前は……」

銀嶺がそう言うと、「失礼いたしました。私は如月万里子。神仕族である如月家の娘ですわ」と万里子はうっとりとした表情でそう口にする。

その表情の一つ一つが、完璧だった。こんな顔で見つめられたら、どんな男も彼女の虜になる。そう思わせる魅力に溢れていた。

そしてハッと少しわざとらしく口元を両手で隠すと、照れたように顔を俯かせる。

「あ、ごめんなさい。私ったら、不躾に見つめてしまいました。だって、その、あまりにも素敵でいらっしゃるから」

恥じらうそぶりも全てが完璧に麗しかった。

千代は、思わず視線を下に向ける。怖くて、銀嶺の顔が見れない。

この誰をも虜にする可愛らしい義姉を見て、なんて思うだろうか。

今までの人たちと一緒で、この世の全ての可愛らしさを煮詰めたようなこの義姉に夢中になるのではないだろうか。

そう思うと、怖くて仕方がなくて、そして気づいた。

(私、最初に叔父だけしかいなくて安心したのは、万里子様がいなかったからかもしれない。きっと、銀嶺様に会わせたくなくて……)

万里子に夢中になってしまう銀嶺を見たくなかったからだ。

(私って、嫌な性格しているわ。きっととられたくないと、そう思ってしまったのね。銀嶺様は誰のものでもないのに)

思わず自嘲の笑みが浮かぶ。

銀嶺は、千代を大切だと言ってくれた。彼はとても千代に優しくしてくれる。

以前は、その優しささえも疑っていたが、今はもう彼の優しさを疑う心はない。

でも、銀嶺が、千代に優しくしてくれる理由も、大切だと言ってくれる訳も、千代は知らない。だからきっと、銀嶺は誰にでも優しいのだろう。きっと、万里子にも。

だから、会わせたくなかった。

自分以外の誰かに優しくする銀嶺を見たくなかった。

「千代の弟を連れてこい」

硬質な声が聞こえてきて、え、と思わず千代は顔を上げた。

（今の声、銀嶺様の？　万里子様を前にして？）

万里子を前にした男性たちの大半は、顔を蕩けさせて優しい声色で彼女に語りかける。

だからきっと、銀嶺もそうだろうと思っていたのだが、想像以上になんの感情も感じない、冷たい声。むしろちょっとイラついてさえいるように聞こえる。

万里子も驚いたのか、目を丸くして絶句している様子だった。

「千代？　どうかしたか？　連れてきてもらうのでは不満か？」

千代が意外そうに目を丸くしたのを見た銀嶺が、気遣わしげに尋ねてくる。

先ほどまでと違う優しい声色、心底心配しているようなそぶり。その声をかける相手が自分だということが信じられなくて千代は目を瞬かせて言葉に詰まった。すると銀嶺はますます心配になったようで不安そうに少し眉尻を下げた。

「連れてきてもらえばいいと思ったのだが……」

立て続けに聞かれて、ハッと千代は我に返る。

「え、えっと、いいえ、その、弟さえ無事でしたら……」

すると、万里子の後ろで頭を下げていた正雄が、銀嶺の言葉に反応して顔を上げた。

「……千代の弟？　あの生意気なガキのことですか？」

「生意気なガキだと？」

長年、千代たち姉弟をあざけっていた癖が出たのだろう。正雄の悪意ある言葉に鋭く反応した銀嶺が睨んだ。正雄の額に脂汗が浮かびすっかり怯え切った様子で口を開く。

「あ、いえ、その、柊をどうするおつもりなのかと……」

「迎えに来た。連れて行く」

「ま、待ってください！　まだ、あれは生贄に捧げられる年齢に達しておらず」

「構わない。もとより生贄として迎えるつもりはないのだからな」

「な……それは……」

正雄は絶句していた。五年後にはお金に代わるはずのものがとられてしまう。そのことに気づいたのだろう。だが、目の前にいるのは龍神で、どうやっても敵わない相手だ。

すると今度は、正雄の隣にいた妻の蘭子が口を開いた。

「まってくださいませ、龍神様。何故、柊を連れ出そうとなさるのです？」

「千代がそう望んだからだ」

「千代が……？」

呆然とした顔で、正雄と蘭子の視線が千代に移る。

今までさんざん千代を虐げてきた叔父夫婦の視線を、千代は怖気づくことなくまっすぐ受け止めた。

「弟は、返してもらいます」

千代の言葉に顔をひきつらせたのは、蘭子だ。すぐに銀嶺へと視線を戻した。

「何故、千代が望んだからと柊を引き取ろうとなさるのです。いえ、そもそも、荒御魂の神であられる龍神様が、何故生贄である千代を召し上がっていないのですか？」

「千代は私の大切な人だ。喰らうはずがあるまい」

「大切……？」

怪訝そうに蘭子の顔が歪む。

「いいからさっさと連れてこい。さもなくば、この男を八つ裂きにする」

銀嶺の冷たい美貌から低い声が漏れる。正雄は、ひっと思わず声をだし、蘭子も怯(ひる)んだように一歩下がった。

だが、万里子だけは前のめりになって口を開く。

胸に手を当てて、これまた美しい顔で銀嶺だけを見ている。

「分かりましたわ。柊はお連れします。ですが、せっかくいらしていただいたのに、何もおもてなしもできないとなれば、神にお仕えする神仕族の恥でございます！　どうか、我が家でお茶でも……！」

「いや、用が終われば早々に帰りたい……が……」

突っぱねようとした銀嶺の言葉が途中でとまり、千代を見た。

「千代はどうだ？　久しぶりに家に戻りたいという思いがあるのか？　先ほどから少し、様子がおかしいようだが……」

「え……」

家に戻りたい気持ちは正直、少しもない。

だが、銀嶺の態度が不可解すぎて反応出来なかっただけだ。あの万里子を前にして、どうしてそんな平静でいられるのか、分からない。

そんな時に、万里子が千代の目の前に来た。突然のことで、千代は思わず立ちすくむ。

「千代ちゃん、是非そうして。私、千代ちゃんのことずっと心配しておりましたのよ。だから、お久しぶりにたくさんお話がしたいですわ」

千代の手を取って、甘えるように万里子が言う。口角も上がっているし、顔も笑顔のはずなのに、目が笑っていない。

背中にぞっと寒気が走った。

(『千代ちゃん』だなんて、私のことをそんな風に呼んだことなどないのに……)

千代は、万里子と話をするつもりはない。もう千代は如月家を出た身だ。今までのようにおとなしく従う理由はないのだ。

そう思って断ろうと口を開きかけた時、万里子がそっと耳元に顔を寄せる。

「分かっているでしょう？　私のお願いを聞かなかったら、あのどんくさい子がどうなるか」

先ほどまでの甘さを含んだ声は消えていた。いつも通りの、冷たく蔑みのこもった万里子の声。

千代は、びくりと肩を震わせた。

万里子が言った『あのどんくさい子』というのは弟の柊のことだ。

万里子は、いつもそうだった。千代を苛めようとするとき、必ず弟の柊のことを口に出す。

どうすれば、千代が一番傷つくのか、万里子は分かっているのだ。そして、千代を傷つけることを楽しむために、千代が大切にしている者たちを平気で痛めつけようとする。

これが、千代が万里子を一番苦手とする理由だった。正雄の暴力も、蘭子の暴言もそれほど気にならなかった。でも、万里子の言葉、動作、一つ一つが怖くてたまらない。

「ねえ？　いいでしょう？　それに柊君は、千代ちゃんがいなくなってから塞ぎ込みがちになってしまって、私たちが声をかけてもなかなか部屋から出てこないの。だから直接千代ちゃんが迎えに来てくれたら、喜ぶわ」

千代から離れると、再び無邪気を装った笑顔を浮かべて万里子はそう言った。

（……これで、最後だもの。今日、柊さえ連れ出せれば、もう万里子様とも会うことはない）

今までずっと、弟のことを持ち出されて脅され従うことに慣れていた千代は、自分にそう言い聞かせて頷いた。

「分かりました。もともと柊には私から説明をするつもりでしたから」

「良かった！　銀嶺様は、柊君の準備が整うまで、我が家でゆっくりしていらしてくださいませ。それに何かご入用のものがあれば何なりとお申し付けくださいね」

万里子はまた銀嶺の方に向き合うと甘えたような声を出した。

「千代がそれで良いと言うのならば、私は構わない。……それに、聞きたいこともあるしな」

「嬉しいですわ！　龍神様をおもてなしできるだなんて、最高の名誉ですもの！　お父様、龍神様を応接室へとご案内して差し上げて。私たちは柊を連れてまた伺いますわ」

楽しそうに万里子がそう言うと、逃がさないとでも言いたげに千代の手を握る力を強めた。

正雄は銀嶺を前にして恐怖で顔が引き攣りながらも、こちらになどと言って銀嶺を屋敷の中へと案内していく。

しばらくして銀嶺の姿が見えなくなって、千代と万里子、そして万里子の母の蘭子だけが残されると、万里子は千代の手をパッと乱暴に離した。そして、汚らしいものでも触っていたかのように、手を桃色のハンカチでゴシゴシとぬぐう。

その顔に先ほどまでの笑顔は消え、心底鬱陶しそうな表情が浮かんでいた。

「万里子様、弟は……」

「ちょっと何？　勝手に私に話しかけないでくれる？」

ぎろりと、先ほどまで甘さしかなかったはずの瞳が、鋭く千代を射貫いた。

「ご、ごめんなさい」

とっさの癖で謝ると、呆れるような万里子のため息がこぼれた。

「ちょっと優しくしてやったら、すぐ付け上がって。本当に嫌になるわ。それにしても、まさか荒御魂の神様だと思っていた龍神様が、和御魂の神様だったなんてね」

「和御魂の神様……？」

万里子の言葉に、千代が目を見開いて万里子を見る。

「なんで驚いているの？　和御魂の神様に決まっているでしょう。お前が生きているのが、何よりの証拠じゃない」

「それは……」

確かに万里子の言う通りだった。荒御魂の神であるならば、千代はすぐにでも食い殺されていた。

だが、今まで荒御魂の神が和御魂の神に代わったという話は聞いたことがない。それに、銀嶺は千代に隠れて血肉をむさぼっている可能性がある。霊力を人の血肉から得るのは、荒御魂の神ならではの性質だ。

戸惑う千代を見て、そばにいた蘭子まで苛立たしそうにため息を吐いた。

「本当に愚鈍ねえ。一緒に話しているだけで苛々するったらありゃしないよ。だいたい、龍神様を連れてくるなら前もって連絡しなさいよ。まったく気が利かない」

銀嶺を前にした時とは全然違う乱暴な口調の蘭子に万里子も頷くと、二人は並んで屋敷の方に歩いて行った。

千代がそれを呆然と見ていると、

「早くついてきなさいよ！」

と蘭子に怒鳴られて慌ててその背中を追う。

まるで癖のように万里子たちに従ってしまう自分に、千代自身が驚いていた。もう如月家からは出た身。そう思うのに、逆らえない。

自分の意気地のなさに幻滅しながらついていくと、万里子の部屋にたどり着いた。

(何故、万里子様の部屋に……)

呆然としていると、蘭子は長椅子に腰掛け、万里子は姿見の前で立ち止まった。そしてしばらくして振り返って千代を見る。

「ちょっと、なにぼーっとしているのよ。早く、私の服を整えて。前もって龍神様がいらっしゃると分かっていればもっとおしゃれしていたのに。ねえ、ほらあれ持ってきて、赤紫の牡丹(ぼたん)の花の着物。うちで一番高いやつ」

当たり前のように万里子は言うと、また姿見に向き直って髪の毛をいじり始めた。

どうやら万里子は、千代が今まで通りに仕えてくれるものだと思っているらしい。

それは蘭子も同じで、千代に命令を下す万里子を当然のような顔をしている。

思わず千代は愕然とした。

万里子にとって、千代は何があろうとも下僕のような存在なのだと、そう言われている気がした。

そうこうしているとノック音がした。

「ああもう。お前がとろとろしている間に来ちゃったじゃない」

と文句を言ってから、万里子が入室の許可を出すと、使用人が一人、千代の弟、柊とともに入ってきた。

千代と同じ黒髪に、少し吊り上がりぎみの目。

年齢は十三歳のはずだが、満足に食事がとれない生活のためか同年代の子と比べて背丈が低く、幼く見える。

その上、元の色すらわからないほどに色褪せ汚れた着物を着ていた。最後に会った時よりも痩せた気がする。

なんと言われて連れて来られたのか、仏頂面で床のあたりを見ていて、千代のことにはまだ気づいていない。

万里子は玄関先で柊は引きこもっていて声をかけても出てこないなどと言っていたが、ここまで連れられてきたところを見るに嘘だったのだろう。

「柊！」

千代は、思わずそう声をかけて駆け寄った。

その声に反応して、パッと柊が顔をあげる。その時にはすでに千代が抱きすくめていた。

「え？　え……っ？　姉上？　本当に？」

「ええ、そうよ。柊！　迎えに来たの！」

無事を確かめるように千代は抱きしめる。やはり痩せた。

どれほど辛い生活を強いられていたのだろう。そう思うと、思わず泣けてきた。

千代がいた頃、千代が庇っていたというのもあるが、叔父一家はそれほど弟を虐げてこなかった。おそらく、千代と違い、男子だったことが影響したのだろう。

だから千代がいなくなってもそれほど酷い仕打ちはされないはずだと、そう思っていたが……その考えは甘かったようだ。

痩せ細った弟の体を抱きしめながら、己の浅慮を悔やむ。

「本当に、本当に？　龍神に食べられてないの？　あ、姉上……！　ずっとずっと、あいだぐで……！」

最初こそ信じられず戸惑っていた柊だが、しばらくして姉が帰ってきたことを認めたらしく、千代の背中に腕を回して抱き返した。

目には大粒の涙がポロポロとこぼれ落ち、言葉が涙に濡れすぎて次第に聞き取れないような言葉になっていく。

それでも弟が千代との再会に喜んでいることだけは分かった。千代にとっては、それだけで十分だった。

「ちょっとやだ！　涙で汚さないでよ！」

「いた……っ！」

万里子の苛ついた声と、柊が痛みを訴える声が響いて、千代はハッと顔をあげる。

ボサボサと無造作に伸ばしっぱなしにされている柊の髪を、万里子が掴んで引き剝がそうとしていた。

「やめて！　弟に乱暴しないで！」

とっさに万里子の手を払う。柊からは離れたが、万里子の鋭い視線が千代に向けられた。

「ちょっと、私に触れないでよ。ていうか、やだ、何その目。うすのろのくせに、生意気じゃない。私は、ただこのままだとその高価な着物がダメになるから止めただけなのに」

「着物って……そんなの、どうでも」

「どうでもいいわけないでしょ！　その着物だって、私のものなのよ！」

「え……」

万里子に言われたことが、よく分からなかった。どうして今千代が着ているものが万里子のものになるのだろう。

「ん？　確かにいい着物ねえ。なかなかの値打ちものじゃない。これは龍神様がお前に贈ったの？」

そう聞いてこちらに来たのは、長椅子に寄りかかって寛いでいた蘭子だ。わざわざ椅子から降りて近くまで来ると、着物の生地をじっくりと見分し始めた。蘭子の強すぎる香水の臭いが鼻につく。

「そ、そうですけど」

「あら、すごいじゃない。千代、もっと龍神様からこういう素晴らしい物を引き出してきなさいよ。そしてそれを私たちに渡すの」

欲にくらんだギラギラした蘭子の瞳が、千代を見る。

「な、何を言って……」

さきほどから、蘭子と万里子の言っていることが良く分からない。一体、彼らは何を話しているのだろうか。

「待って、お母様。着物を渡すとか、変なことをいわないで」

つんと澄ました万里子の声。蘭子と千代の視線が万里子に集まると、彼女はにこりと笑って口を開いた。

「だってこの着物はもう私のものよ？　今はうすのろに貸してあげてるだけ」

さも当然のことを言うかのように万里子が言う。

戸惑う千代を、万里子が馬鹿にしたように笑う。

「え？　まだ分からないの？　本当にうすのろねえ。でも、今日は許してあげる。だって、私のために和御魂の神様を連れてきてくれたし」

やはり何を言っているのか、千代には分からなかった。

決して万里子のために銀嶺を連れてきたわけではない。

「私ね、和御魂の神様の花嫁になるのが長年の夢だったのよ。うすのろ、本当にご苦労だったわね」

「和御魂の神様の、花嫁？　それって……」

「そう。あの麗しい龍神様は、私が貰ってあげるわ。だから龍神様に贈られた品物は全部私のものになるってことよ」

思わず絶句した。

先ほどからずっと意味が分からなすぎて、瞬きするのさえ忘れて呆然とする。

「だって。当然でしょ？　あのお方は私を選ぶもの」

「え……？」

「何？　まだ分からないの？　うすのろって本当にばかねえ。ねえ、まさかこの私がいるのに、うすのろが龍神様の花嫁に選ばれると、本気でそう思っているの？」

「……！」

万里子は勝利を確信した強者の笑みで、千代を見下ろす。

「確かに前から愚鈍だったけれど、ここまでだったなんて。私とお前がいて、どうしてお前が選ばれると思えるのかしら。この私が選ばれるに決まっているじゃない。うすのろはね、捨てられる運命なのよ。ボロ雑巾みたいに惨めにね」

そう言って高らかに笑う万里子を見て、千代はすっと血の気が引く思いがした。

万里子にそう言われると、そうかもしれないと思えてきた。

今までずっとそうだった。誰もが万里子を愛したし、千代がなんと言おうとも、万里子が優先されてきた。

それが当たり前で、当然で……。

（銀嶺様も、万里子様を選ぶ……？）

怖くなって、両腕で自分を抱いた。でも、少しも不安は拭えない。

「まあ、確かに！　万里子の言う通りだわ！」

蘭子がはしゃぐようにそう言うと、またノックの音が聞こえた。

良いところで話を遮られた蘭子がムッとしながらも許可を出すと、げっそりと疲れた顔をした正雄が入ってきた。

「二人ともここにいたのか。捜したぞ」

「お父様こそ、どうしてここに？　龍神様をおもてなししていたのではなくて？」

責めるように万里子が言うと、万里子の父である正雄は身を小さくさせて申し訳なさそうに口を開いた。

「龍神様から毒花の一族のことを聞かれてな。何も知らないとお伝えしたら、用済みだからどこかへ行けと追い払われてしまった……」

正雄が参ったように答える。

千代は目を見開いた。

（銀嶺様は、やはり毒花の一族をお捜しなのね……）

思わずじわりと背中に嫌な汗をかく。

すると、何故か万里子が軽く振り返って千代の方を見た。目が合うと、何故かにやりと意地の悪い笑みを浮かべて、また正雄の方へと視線を戻す。

「あら、毒花の一族をお捜しなの。ふーん。では、私がお父様の代わりに龍神様とお話ししてこようかしら」

万里子がもったいぶった口調でそう言った。

(万里子様は私が毒花の一族の血を引いていると知っている？　いえ、でも、そんなはずない……そんなはずは……)

弟の柊でさえ知らないのだ。万里子に千代と千代の母親の素性を知る術はないはずだ。

戸惑っていると、蘭子が千代の肩に手を置いて、口を開いた。

「そうね、万里子ちゃん。こんなところにいないで、龍神様のところにいってさしあげたら？　だって未来の和御魂の神の花嫁様なのだもの」

楽しげな蘭子の提案に、万里子も笑顔で頷く。

「そうですわね、お母様。未来の花嫁の務めですわね。ずっとお一人でお待たせするわけにはいきません。ちゃんと私がおもてなししてきますわ」

そう言って、万里子は艶やかに笑う。

千代は止めようと腕を伸ばそうとしたが、蘭子のせいで動けない。

「ふふ、本当に万里子は親孝行な娘ねえ。ほんと、お前とは大違い」

耳の近くで蘭子の蔑みの声が聞こえてくる。

そうこうしていると、軽やかな足どりで万里子は部屋から出て行ってしまった。

「あ、姉上……？　一体、今はどういうことになっているのですか？」

心細そうに弟が千代を仰ぎ見る。彼の心配を拭うために何か答えるべきなのに、何も答えられない。

これから、一体、どうなるのだろう。千代もわからない。ただただ嫌な焦燥感だけが身体（からだ）中を駆け巡る。

「未来の花嫁とはなんだ？」

状況を呑（の）み込めていないのは、柊の他にもいたようだ。正雄が尋ねてくる。

「万里子のことよ。あの龍神様は、和御魂の神だわ。だって、このうすのろが生きているのだからね。万里子があの龍神の花嫁になれば、どれだけの富が我が家に入ってくるか……」

戸惑う千代の肩を押さえつけていた蘭子の手が動いた。高価な着物の肌触りを楽しむように、肩から腕へと手を滑らせる。

「滑らかねえ。正絹？　素晴らしいわ」

うっとりと蘭子が言うと、状況を理解したらしい正雄の顔がパッと明るくなった。

「なるほど！　そういうことか！　確かにその通りだ！　我が娘が和御魂の神に！　何たる栄誉！　しかも千代のようなつまらない女に、こんないい服を贈るんだ。うちの娘が花嫁になったら一体どれほどの財が貰えるか！」

「そうよ、万里子が花嫁になれば、これも全て私たちの物……！」

そう言って、ペタペタと着物を触る蘭子の手が不快でたまらず、千代をその手をはたき落とした。

「やめて、触らないで！」

「ちょっと、痛いじゃない！」

蘭子がヒステリックにそう叫ぶと、正雄も口を開いた。

「なんだ、千代。お前まさか、自分こそが花嫁だとでも言いたいのか？　生贄の分際で生意気な」

「本当に生意気ねえ。第一、お前と龍神様では何一つ釣り合っていないじゃない。それに比べてうちの万里子ならばお似合いよ。ほら、御覧なさい」

そう言って、蘭子は窓辺に行くとカーテンを開けた。

さっと開かれた窓から、外の景色が見えた。如月家の屋敷はコの字型になっており、今いる万里子の部屋の窓の外は中庭になっている。

そしてその先には、ちょうど銀嶺が案内された応接間がある。その応接間の窓も開かれていて、部屋の中の様子が良く見えた。

ちょうど万里子が、銀嶺の待つ部屋に入っていったところだった。

「そうだ、その服脱ぎなさい。どうせ私たちのものになるんだから」

「え？　な、何を!?」

蘭子が、襟元に手をやり無理やり着物を脱がせようと引っ張る。

「やめて！」

抵抗をしていると、使用人を呼ばれて体を押さえつけられた。

「やめろ！　姉上を離せ！」

柊の声がした。だが、したのと同時に何かを強くぶつけた様な音がする。

床に、柊が転がった。おそらく邪魔だからと誰かに叩かれ、床に転がされたのだ。

「柊！」

「お前は大人しく服を脱げ！」

正雄たちが手を伸ばす。千代は襟口を摑み、脱がされない様に少しでも逃れたくて足を動かすも、逃げられない。

出窓の棚に乗り上げるようにして押さえつけられ、いやおうなしに視界に入ったのは窓の外の景色。応接間が見える。

万里子が笑顔で銀嶺の横に座っている。

脱がされないように襟を守りながら、そこから目が離せない。

二人の距離が近い。何か、真剣な表情で話している。

万里子が手を挙げて、銀嶺の肩に触れた。楽しそうに笑って、内緒話をするみたいに銀嶺の耳に顔を寄せる。

(いやだ！　やめて！　やめて！　触らないで！)

銀嶺様に触れないで！

「銀嶺さま……‼」

分かっている、呼んだところでこの声は届かない。今までだってずっと、そうだった。でも……。

「……助けて！」

やっと絞り出したかのような、掠(かす)れた様な声。ずっと言いたくて言えなかった、助けを呼ぶ言葉。

それは小さくて、弱くて、離れた場所にいる銀嶺には聞こえない。

そのはずだった。

万里子と話をしていたはずの銀嶺が、突然、バッと後ろを振り返った。

窓越しに、銀嶺と確かに目が合った。

――ドン。

突然、轟音が響いた。空気だけでなく床も震えた。驚いて目を瞑る。

砂埃が舞っているのが、匂いで分かった。

一体何が起きたのだろうと、目を開けようとした時に、誰かに背中を支えられた。優しい温もりに包まれる。

「千代、大丈夫か」

耳元に、離れた場所にいたはずの、聞きたくてたまらなかった銀嶺の声が聞こえる。

戸惑いながら目を開けると、陽の光を背負うようにして、心配そうに千代を見つめる銀嶺がいた。思わず逆光の眩しさで目を細め、でも、彼から視線がそらせない。

「銀嶺、さま……？　どうして、こちらに……？」

状況を呑み込めなくてそう尋ねると、千代の意識があることに安堵したのか、銀嶺がくすりと笑う。

「千代が、私を呼んだのではないか」

千代は思わず目を見開く。

「聞こえた、のですか？」

「聞こえた。千代が無事で良かった。立てるだろうか？」

立てるかと聞かれて、千代は自分が今どの様な体勢になっているのかに初めて気づいた。急な轟音に驚いて倒れそうになっていたところを銀嶺に支えられていたらしい。横抱きにされていた。

「え？　あ……！　すみません！　重いのに！」

「千代は全く重くない」

などと言い合いながら、千代は慌てて床に降りる。すると履物の下からジャリという小石の様なものを踏む感触がした。

そこでやっと千代は辺りの様子に目がいった。

厚い絨毯（じゅうたん）が敷かれて清潔なはずだった床には、今や瓦礫（がれき）が飛び散っている。先ほど、銀嶺が逆光を背負っていて眩しいと思ったのもそのはずで、銀嶺の後ろの壁は全て崩れて穴が開いて陽の光が思い切り差し込んでいた。

ぽっかりと空いた大きな壁の穴。それを呆然（ぼうぜん）と見ていると、その奥にもともと銀嶺がいた応接間の壁も壊れていることに気づく。そこには、万里子が床に尻をつき、青い顔でこちらを愕然（がくぜん）と見ていた。

おそらく、この壊された壁は銀嶺がやったのだろう。千代を助けるために。

思わず息をのむ。

そして千代の周りにいたはずの正雄たちのことを思い出してハッと顔をあげた。

千代の服を脱がそうとしていた正雄たちが、床に倒れていた。正雄に至っては、頭から血が流れているように見える。

間近でみた銀嶺の力に驚きながらも、弟がいたはずのところを見た。彼は尻餅をついて呆然とした顔でこちらを見ていた。もともと正雄たちに転ばされていて千代たちから離れていたのが幸いしたのか、正雄たちに打たれたところ以外の怪我(けが)は見当たらない。

ほっと息を吐き出すと……。

「彼が千代の弟だな。弟には結界を張っておいた」

こともなげに銀嶺が言う。確かによくよく見れば、壁が壊された時に舞ったであろう砂塵(さじん)が弟の周りだけ綺麗(きれい)にない。結界で守られていたのだ。

千代にとっては本当に一瞬の出来事だったのに、その一瞬でここまでのことができる銀嶺に、改めて畏怖にも似た気持ちが湧き起こる。

「だが……結界を張ったはずなのに、少し怪我をしているな」

顎下に手をやった銀嶺が、頬を腫らした柊を見る。

「これは……」

千代がそう声をかけ、近くで倒れている正雄へと視線を向けた。

「なるほど、こいつのせいか。……おい、起きろ」

「う、ううう……」

頭から血を流し、倒れていた正雄の口からくぐもったうめき声がもれる。

銀嶺の声が聞こえたのか、意識を取り戻したらしい。頭から血が出てはいるがそれほど大した怪我ではなかったようで、ゆっくりと起き上がる。

「は？　なんだ……これは……」

キョロキョロと周りを見ながら狼狽えるような声を出した。側には、妻である蘭子が倒れて意識を失っている。

そして、この場にいる銀嶺に気づいて目を止めた。

「え、は……龍神様……何故、こちら、に……」

「理由を聞きたいのはこちらの方だ。私の千代に、何をしようとした」

「へ……？」

正雄は、鳩が豆鉄砲を食ったような顔をして口をぽかんと開ける。

銀嶺が怒っているのは伝わるが、何に対して怒っているのか分からないと言いたげな表情。しばらく正雄が何も答えられずにいると、焦《じ》れた銀嶺が眉根を寄せた。

「何をしようとした!!」

銀嶺からものすごい剣幕の怒声を浴びて、正雄はびくりと肩を上下させる。そしてそこでやっと気づいたようだった。

今まで下に見ていた千代のことで、目の前の龍神が怒っていることに。

「も、申し訳ありません。どうかお許しを……！　どうか！」

そう言って正雄は、慌てて土下座の体勢となって頭を下げる。

「何を謝る。私は何をしたのか聞いているだけだ。それとも謝らねばならぬことをしたという自覚があるのか？　ならば謝る相手が違うだろう」

銀嶺にそう言われ、正雄が千代に目線を向ける。

今まで千代は、正雄から蔑みの目でしか見られたことがなかった。だが今はその蔑む気配は消え、ただひたすらに許しを請う怯《おび》えた瞳がそこにある。

「ち、千代様、お許し、くださいませ。大変な失礼を働き、誠に申し訳、ございません」

ぶるぶると体を震わせながら、正雄は身を小さくしていた。

こんなに小さな人だったのかと、千代は思った。

正雄は何か気に入らないことがあれば、すぐに千代に当たり散らしていた。千代にとってもっと大きくて、恐ろしい存在の様に思っていたのに。

震えて、涙と鼻水を流しながら、必死になって頭を下げるその様はあまりにも滑稽で、とてもつまらない男だった。

「千代の弟にもだ。これ、そなたがやったのだろう？」

「あ、は、はい！　その、こちらにつきましても大変、申し訳ありません」

「頭が高い。もっと頭を下げろ」

銀嶺は冷たくそういうと、頭を踏んだ。もっと頭を下げろと言わんばかりに。

「う、ううう。は、はい。申し訳ありません」

神に敵うはずもない正雄は、涙や色々なものを垂れ流しながら、されるがまま頭を下げた。

　ここにきてようやく銀嶺が満足したらしい。

踏みつけていた足を退けた。

正雄がほっとしたように肩を下げる。

「やっと弁えたか。ならば苦しまぬように殺してやろう」

銀嶺から、想像よりも冷たい響きが漏れて「え」と千代は目を丸くした。

正雄も、ガバッと顔を上げて恐怖で引き攣った顔で銀嶺を見る。

「え？　ころ、殺す？　助けて、助けてくださるのではないのですか？」

「助ける？　何故だ？」

銀嶺がそう言って、心底不思議そうに目を丸くする。

「あ、謝ったではないですか！」

「謝った？　だからなんだと言うのだ。謝ったから全てがなかったことになるわけがあるまい」

「そ、そんな……！」

正雄の顔色は、絶望のあまり青白いを通り越して土気色に変わっていた。

「銀嶺様……もう良いです」

千代は、気づけばそう声をかけていた。別に正雄に同情したわけではない。

あまりにも小さい正雄をみて、本当に心底どうでも良いということに気づいたのだ。

「まさか、こやつをこのまま生かしてやろうと言うのか？」

「はい」

「千代は、少々優しすぎる」

「いえ、優しいとか、そういうのではなく……」

なんと言葉にするのが適切か、千代は頭を悩ませる。しばらく考えて出た言葉は……。

「どうでも、良いんです。この人たちのこと、私、正直もうどうでも良くて」

心からの気持ちだった。こんなにつまらない男のために、何か心を砕くのが嫌だった。

もしここで死んだりしたら、少しぐらいは気にするかもしれないし、そういうのも正直面倒だった。本当に、どうでもいいのだ。

「それなのに、わざわざ銀嶺様の手を煩わせる方が、もったいなく思います」

淡々とそう告げる千代の顔に、銀嶺は「なるほど」と納得した様に呟くと、掲げていた手を下ろした。

涙と血で顔をぐちょぐちょにさせていた正雄は、明らかにほっとした顔をした。

だが、そこに銀嶺が鋭く睨みつけると、「ひぃ」とか細い悲鳴を上げて身を竦める。

「千代の寛大さに感謝をするのだな。だが、もう二度目はない。次にお前たちが、千代に何かすれば容赦はせぬ。千代は寛大でも、私はそうではないことを心しろ」

ピリピリと空気まで鋭く震わせるような声で、銀嶺がそう言う。

「は、はい……」

魂が抜けたような声で正雄はそう答えてまた項垂れた。

「では、千代、帰ろう」

「そうですね。あ、柊を……弟を連れていってもよろしいですか？」

千代は柊が倒れているところまで駆け出した。

「柊、ごめん、事情は後で説明するからとりあえず来てほしい」

いまだに何が起きているのか把握しきれていない様子の柊に、そう声をかけた千代は少し屈(かが)んで手を伸ばす。

「姉上……」

訳もわからずといった様子だが、伸ばされた千代の手に柊も手を重ねる。

「大丈夫よ、柊。何も怖いことなんてない。私が、守るわ」

弟を落ち着かせるためにできる限り穏やかに聞こえるように声をかけると、怯えた様子だった柊の表情が少しだけ和らいだ。

だが、ちらりと銀嶺の方を見て顔を険しくする。

「でも、あそこ、あそこにいる人は……」

「彼は、龍神様。優しいお方よ」

「龍神、様……」

優しい方だと説明したけれど、柊の顔は険しいままだ。何故か警戒するように銀嶺を見つめている。

「もちろんだ」

突然のことで、まだ受け入れられないのかもしれない。

そう判断した千代は、とりあえず一刻も早くこの場から立ち去りたくて、弟を立たせた。

「銀嶺様、もうここに用はありません。帰りましょう。私たちの家に」

もうここは、千代の家じゃない。千代の家は、居場所は、広いけれど少しだけ古臭い、銀嶺と暮らすあの家だけだから。

そして銀嶺に弟とともに抱えられいざ飛ぶとなる時、ふと視線を感じて千代は顔を横に向ける。そこには、こちらを忌々しげに睨みつけている万里子がいた。

あ、と思った時には、千代は飛び上がり、空からでは建物に隠れて万里子の姿は見えなくなった。

複雑な気持ちが胸を薙ぐが、もうきっと会うこともない。千代は飛び上がった青空へと視線を向けたのだった。

『帰りましょう。私たちの家に』

などとカッコよく声をかけた自分を、千代は地面に両手をつけて悔やんだ。

今いるのは、銀嶺の屋敷の門の前。先ほど、ここに到着してからずっと、千代は地面と睨めっこして気持ちの悪さをどこかに逃がそうとしていた。

「う、空を飛んで移動することには慣れたと思っていたのに……」

ぜえぜえと音を立てて呼吸を整える。

無事にあの叔父夫婦の家から帰ってきたが、移動手段が銀嶺に抱えられて空を飛ぶということをすっかり忘れていた。しかも今回は弟もいる。それぞれ銀嶺に片手で抱えられて空を飛んだわけだが、今までと違い少々不安定だったためまた酔ったのだった。近くには、銀嶺の羽織を下敷きにして柊が気を失ったように寝ている。いや、気を失ったようにではなく実際に気を失っていた。突然の飛行移動に、目を回したらしい。

「千代、大丈夫か？　屋敷の裏にある清水だ。琥珀が持ってきてくれた」

門前につくなり気持ち悪いと倒れ込んだ千代のために、銀嶺が水を差し出す。

彼の背後には心配そうな様子の琥珀がいた。

「銀嶺様すみません。ありがとうございます」

どうにかそれだけ言うと、銀嶺から湯呑を受け取り傾ける。

ひんやりとした甘い水が千代の喉を潤す。あまりにも美味しくて、気づけば湯呑いっぱいにあった水をもう飲み干していた。

「この水、すごく美味しいです」

「良かった。微量ではあるが少しだけ霊力を込めておいた。きっと気分も良くなる」

「はい！　なんだか、さっきまでの気分の悪さが嘘のように調子がいいです」

千代はそう言うと、立ち上がる。

「千代様、そんな無理に立たなくて良いのですよ。きっとこの無神経な龍神様が無理を働いたのでしょうから、運ばせればいいのです」

駆けつけてきてくれた琥珀が心配そうにそう言うのを、千代は笑って首を振った。

「いえ、本当に無理ではなくて、もうすっかり良くなりました」

「そうか。だが、本当に無理はするな。千代に何かあれば、私は生きていけぬ」

相変わらずの甘い言葉に、千代は急に恥ずかしくなって顔を赤らめた。

（なんだか、心臓の様子がおかしいわ。ドクンドクンとうるさいぐらい）

自分の胸に手を置いて心拍の速さに戸惑う。

以前、銀嶺と一緒に街へと出かけた時も、ドキドキとはしていたがこれほどではなかった。

「琥珀、千代の弟だ。屋敷に運んで寝かせてやれ」

「はい、かしこまりました」

銀嶺に指示された琥珀が寝かせていた柊を横抱きで抱えこんで、先に屋敷へと入っていく。千代が平静ではいられぬ間も、銀嶺は冷静だ。

「千代、私たちも屋敷に戻ろう。私たちの家だ」

優しさを煮詰めたような声で呼びかけて、綺麗な手を千代に差し出す。

千代は、夢見心地の気分で、その手を重ねた。

何かを言おうと思った。でも、いざ言おうとすると、何も言葉にならなかった。

弟を連れて帰ってくれたことへの感謝？　それとも叔父夫婦から守ってくれたことへの？　それとも、この高なる胸の鼓動のことだろうか。

色々な感情が溢れ過ぎて、言葉にならない。

何か言いたげにしているのに、何も話し出さない千代を見て、銀嶺の表情が曇った。

「もしかして、怒っているのか？　私が……勝手なことをしたから」

「えっ」

申し訳なさそうに眉尻を下げて銀嶺が言うので、千代は目を丸くさせた。

「私が我を忘れて、あいつらの家を壊し、怪我させたことを怒っているのか？」

「え、違います！」

「そうなのか？　では、何故……」

そう切なげに言うと、千代の頬に銀嶺は触れた。

「元気がないように思う」

「えっと、これは、元気がないというか、戸惑って……いるのです」

「戸惑う？」

「はい……その、自分の気持ちに……」

そう言って、千代は必死に自分の心に向き合った。話すなら今しかない。千代は二、三度息を整えると、口を開いた。

「幼い頃に両親を亡くしてから、私、誰かに頼ったり、助けを求めたことがなくて……。どうせ誰かを頼ってもどうにもならないと思っていたから。けれど、銀嶺様は、私の声を聞いて下さった」

あの万里子を前にしていたというのに、千代の声に気づいてすぐに駆けつけてくれた。

それがどれだけ千代の心を救ってくれたか。

それに千代は、あの時の一件で、自分の気持ちに気づいてしまった。

万里子と銀嶺が二人でいることに感じた不快感。嫉妬心。独占欲。

初めて抱いた、それらのどろどろとした重い感情。

千代は、銀嶺を愛し始めている。

「銀嶺様……ありがとうございます」

色々な思いを感謝の言葉に込めた。だけどありがとうの一言では収まりきらない気持ちが、涙となって目からこぼれ落ちてくる。

「あれ、どうして、涙なんて……私……」

ぽろぽろと涙の粒が、溢れていることに気づいた千代は小さく驚きの声を上げた。

銀嶺を前にすると、何故か涙腺が緩くなる。もともと千代は人前で泣いたりしない質のはずなのに。

銀嶺と出会う前は、泣いているところを誰にも見られたくなくて、一人隠れてこっそりと泣いていた。そうすると昔は白蛇がきてくれて、千代の心を慰めてくれた。

そして今は銀嶺が隣にいる。

「どうした？　どこか痛いところでもあるのか？」

「いいえ、いいえ……違うんです。気持ちが、溢れすぎて……」

そう言って、千代は目元を拭おうとすると、その手を銀嶺に掴まれた。

そして銀嶺の顔が千代に近づく。

「止めなくていい。泣きたいなら、泣けばいい」

銀嶺はそういうと、溢れる涙を舐め取った。

「ぎ、銀嶺様？」

驚いてそう言うも、銀嶺は気にせず千代の濡れた目尻に唇を寄せる。

（銀嶺様は、涙を舐め取るのが好きなのかしら……）

劇を観た時にもなめられた。

気恥ずかしいと感じながらも、やっぱりとても心地がよくて……なされるがまま身を委ねる。

思い出すのは、白蛇。こんなふうに、涙を長い舌でちろちろと舐め取ってくれていた。

「ハクちゃん……」

思わず白蛇の名前が口から出ると、びくりと銀嶺が動いた。そして恐る恐るといった様子で、千代に寄せていた唇を離す。

その反応に、千代もびっくりして目を丸くする。

「あ、ごめんなさい。私、突然変なことを言ってしまった。そのハクちゃんというのは、私の大事な友達の白蛇で……」

「……大事な？」

「はい。いつも私が泣いていると、涙を舐め取ってくれて……それを思い出したら思わずつぶやいてしまいました」

千代がそう説明をすると、銀嶺は意外そうに目を見開いた。

「……だが、そやつは、千代を傷つけた」

「え？」

「……いや、なんでもない。今のは忘れてくれ。……屋敷に戻ろう。涙も落ち着いたようだ」

銀嶺はそう言うと、手を差し出してくれた。

千代は不思議に思いながらも、彼の手に自分の手を重ねたのだった。

# 第四章　食べられたくないのに壺は囁く

もともと弟の柊（しゅう）とは別々の部屋という話だったが、さすがに今日ばかりはと柊と同じ部屋で眠らせてもらった。

朝になり目を覚ました柊に、これまでの経緯を話そうとした時、銀嶺（ぎんれい）がやってきた。

様子を見にきてくれたらしい。

「銀嶺様、すみません、わざわざきていただいて」

そう言いながら、少しだけ自分の鼓動が速くなっている気がした。

気持ちを自覚したからか、より一層銀嶺がかっこよく見えてたまらない。

「いや、昨日はそなたに無理をさせたから、それも気になってな」

そう言って、銀嶺が手を伸ばす。その手が千代（ちよ）に触れようかという時、かくんと後ろに引っ張られて、千代は一歩下った。

驚いて後ろを見ると、柊が千代の着物の袖を引っ張っている。

そして、近づくなと警戒する様に、銀嶺を睨（にら）み据えていた。

そこでやっと柊にまだ十分な説明をしていなかったことを思い出す。

「柊、ごめんなさいね。まだちゃんとお話ししてなかったわね。この方は……」

「分かってる。荒御魂の龍神……黒龍だろ」

思いの外、強い口調で話す柊に、千代はギョッとした。柊は基本的には大人しい性格で、こんなふうに初対面の人に敵意を向けることはない。

一体どうしたというのだろうか。

「柊、ダメでしょう。龍神様よ。それなのにそんな態度……」

「だって、こいつは……！」

そう言って、柊が銀嶺を指差した。あまりにも礼を欠いた態度に、千代はカッとなって柊の手をぎゅっと握って下ろさせた。

「やめなさい！『こいつ』だなんて！　龍神様に対して失礼よ！」

千代が強く叱りつけると、柊は目を見開き傷ついたような顔をした。

(なんで、こんな態度。本当に、どうしたのかしら……)

千代は、戸惑いながらも可愛い弟の肩に手をおいて向き合った。

「柊、銀嶺様のおかげで、私たちはまた一緒に暮らせるのよ。それなのに、そんな態度、良くないわ」

千代が諭す様にそう言うと、柊は目を左右に彷徨（さまよ）わせてから観念したように頷（うなず）いた。

「分かり、ました」

そして銀嶺の方に顔を向けると、頭を下げる。

「龍神様、すみません、でした」

納得していないという様子ではあったが、柊はそう口にする。

「別に問題ない。お前は、千代の大切なものの一つだ。だから私も大切にするが、お前が私のことをどう思おうと気にならない」

銀嶺は、本気で全く興味がなさそうにそう言った。柊を気遣って気にならないと言ったのではなく、本当に興味がないのだと、その表情のない顔が口よりも雄弁に語っている。

そのことに千代は少しばかり驚いた。

あまりにも自分と差があり過ぎる様な気がした。

出会ってからずっと、銀嶺は千代に優しかった。こんなそっけない態度を取られたことは一度もない。

（そういえば、どうして銀嶺様は私のことを大切だと言ってくれたのかしら）

いわゆる一目惚（ひとめぼ）れというものなのか。銀嶺の優しさに触れていくうちに、情を抱く様になった千代とは違い、銀嶺は最初から千代に優しかった。

銀嶺が千代の方に顔を向けた。先ほどまで、冷たく、どうでもよさそうに柊を見ていた銀嶺の冷めた表情が、千代と目が合うだけで一気に蕩けたような笑顔になる。先ほどまでと表情が、雰囲気が、全然違う。

「では、千代、朝餉を一緒に取ろう。居間に用意してある」

千代を支えるように背中に手を回す。その手つきも、非常に優しいもの。

その態度に驚いたのは千代だけではないらしい。柊は銀嶺を見て、複雑そうな顔をしていた。

朝餉を終えると、銀嶺はまたどこかに行ってしまった。

「探し物がある」

とだけ言っていたので、おそらく毒花の一族の生き残りを捜しに行ったのだろう。

そう思うと、千代の心が一気に重くなった。

千代は、自分がその毒花の一族だということをまだ言えずにいた。

(でも、いつかは言わなくては。銀嶺様に隠し事をするのは、もう耐えられそうにない)

銀嶺に対しての気持ちが大きくなるにつれて、自分の隠し事が重い。

「姉上、ここから逃げ出しましょう」

朝餉を終えてから、むっつりとして元気のなかった弟から思ってもみないことを言われて、千代は目を見開いた。

「え？　逃げ出す？　何を言っているの？」

「だって、あいつは、優しいふりをしているけれど、荒御魂の神です！　いつ、姉上に牙を剝くかわかりません」

「大丈夫よ、銀嶺様はそんな方じゃないわ。……私も最初はそう疑っていたから、あなたの気持ちもわかるけど」

千代の中では、もう銀嶺を疑う心は無くなっていた。もちろん、不思議に思うところはある。でも、それもゆくゆく知っていければいいと、そう思えるようになっていた。自分自身も、まだ隠し事があるのに銀嶺だけに全てを話せなどとは言えない。

「何を根拠にそのようなことを言うのですか？」

「だって、とても優しい方だわ。あなたのことだってこうやって」

「騙されているんです！　だって、あいつは……僕たちの母上と父上を殺した化け物です！」

一瞬頭が真っ白になった。

「……えっと、何を言っているの……？」

何故（なぜ）ここで突然、両親の話になるのだろうか。

戸惑う千代だったが、柊は確信があるようで懐から何かを取り出した。

「黒い鱗（うろこ）？」

弟が、持っていたのはどこかで見たことがある黒い大きな鱗。

「そうです。僕たちの母上と父上が死んでいた場所に、この鱗がたくさん落ちていたそうです」

「それって……」

「母上と父上を殺したのは、あの龍神です」

頭が真っ白になった。顔が強張（こわば）る。でも何か言わなくてはと、すがるような気持ちで口を開いた。

「なんで、そんなこと、そんなことあるわけないでしょう？　だって崖に落ちた事故だって……」

聞いている、と答えようとしてそのあいまいさに、千代は不安になった。聞いただけだ。実際に千代は、両親の死に際を見たわけではない。

「この鱗は、万里子（まりこ）がくれたんです。姉上が生贄（いけにえ）に捧（ささ）げられて、泣いていた僕に、追い討ちをかけるために言ったんでしょうね。万里子は……」

そう言って、柊は万里子の言葉を語った。

『良かったわね、親と同じところに行けるなんて、幸せじゃない。貴方も一緒のところに行けるのだから良かったでしょ』

ニタニタと笑いながら、そう語る万里子の様子がまるで見てきたかのように鮮明に浮かぶ。

「あの女は確かにそう言ってました。僕も最初は、あの女の嘘だと思ったけれど、使用人の人たちにも聞いたらみんな知っていました。僕たちの両親は、黒龍に食べられていたんです」

（銀嶺様が、親の仇……？　まさか、そんな……）

だが、当時まだ幼い千代のために真実を隠蔽した可能性はある。

千代は弟の手にある黒い鱗を、震える手で取った。

人の手のひらぐらいはある大きな、黒い鱗。

千代は、これと似たようなものを確かに見たことがある。蔵の地下で。

でも信じたくなくて、ふるふると首を横に振った。

「違う。違うわ。これは、銀嶺様の鱗じゃない。銀嶺様の鱗とは、違うわ」

「姉上は、龍神の鱗を見たことがあるのですか？」

「地下室に、落ちてたの……。でも、違う。違うわ！」

「違うかどうか、確かめに行きませんか？　それで、もし同じだったら……僕と一緒に逃げてくれますか」

言葉にならなかった。何も言えなくて、ただこくりと悲愴な顔で頷く。

地下にある鱗とは違った、違ったはずだと、そう言い聞かせながら。

蔵の鍵が今日も外れており、千代と柊はすんなりと例の地下室へと足を踏み入れた。

銀嶺には、もうここには来ないでくれと懇願されていたが、今の千代にはそれを気に掛けるほどの心の余裕がなかった。

蔵の奥、床下にある地下への階段を下りている間、千代はずっと心中で同じ言葉を繰り返していた。

（大丈夫よ。銀嶺様じゃない。柊が持っていた鱗と、この部屋で見た鱗、大きさとか違ったわ。そう、全然、違った……はずよ）

何度も言い聞かせるようにしても、千代の心は落ち着かない。

そうこうしていると、とうとう辿り着いてしまった。

手燭を片手に、薄暗い地下の部屋の中を進む。薄暗い部屋は、やはり臭い。このにおいの原因は、死臭なのだろうと、床に転がる骨が物語る。

そしてその骨の積まれた場所には……。

柊が、眉根を寄せて、床に落ちていたものを拾う。

「姉上、これでも、龍神をかばうおつもりなのですか」

柊に突き付けられるようにして渡されたのは、大きな黒い鱗。

震える手でそれを受け取る。持っていた手燭を柊に預け、柊から預かっていた黒い鱗を袂（たもと）から取り出す。

地下室に落ちていた黒い鱗と、それを比べてみる。

思わず唇をかみしめた。

同じだった。大きさは多少違う。だが、鱗の色味やそこに残った微（かす）かな霊力は、まったく一緒だった。

両親が死んでいた場所に落ちていたという黒い鱗と同じものだった。

分かっていた。柊から鱗を見た時に、本当は分かっていた。柊が持ってきた鱗は、千代が地下で見たものと一緒だ。

でも、そんなことを受け入れたくなくて、そうじゃないと自分に言い聞かせていて……。

手に血が通わなくなったのかと思うほどに、感覚がない。とうとう黒い鱗を持つ力さえ失ったのか、手から鱗が落ちていく。

千代はたまらずしゃがみこんだ。

「嘘よ！　銀嶺様が！　お母様とお父様を殺したというの!?」

悲痛の叫びは小さな部屋の中いっぱいに響き渡る。

銀嶺の優しい言葉、甘さを含んだ柔らかい眼差し、千代の声なき声に応えてくれた時に感じた震えるほどの歓喜。

そのすべてが、遠ざかっていく。

「姉上、信じられないとは思うけど、事実、だと思う。だって、あいつは、荒御魂の神だよ」

「だけど、銀嶺様は、優しかったわ！　柊のことだって、迎えにいけばいいと言ってくれたのは、銀嶺様よ！」

「理由は分からないけど、でも、あいつは、神なんて呼ばれているけれど、結局は妖なんだ。人を平気で食い殺せる、化け物だ」

そう、その通りだった。千代が思うような善良で優しい妖であるならば、銀嶺は和御魂の神に分類されていたはずだ。

(私は、また、騙されたの？)

優しい人だと思って、千代は正雄(まさお)の手を取った。

だが、結局正雄は千代たちに残した親の遺産目当てだった。

でも……。

『千代のためなら死んでもいい』

そう言って、自ら首を切ろうとした銀嶺を思い出した。

人を信じることのできない千代が、あの時初めて銀嶺を信じてみたいと思えるようになった。

『泣きたいなら、泣けばいい』

そう言って、千代の涙を舐(な)め取ってくれた銀嶺。

千代のことを大切だと言って、優しく宝物に触れるかのように接してくれた温(ぬく)もり。

そのすべてが、到底嘘には思えなかった。

「銀嶺様が、私を騙しているように思えない……」

「じゃあこの黒い鱗はどう説明するつもりですか？」

柊の硬い声。

「……私には、分からないわ。でも、分からないなら聞けばいいのよ」

「聞く？　ダメです！　そんなの……危険です。何をしてくるか分からない！　逃げなくちゃ！」

「柊は知らないけれど、銀嶺様は私のために一度死のうとしたことがある」

「……え？」

「きっと何か、事情があるはずなのよ」

両親が死んだ場所に残された黒い鱗、そしてこの地下室に残された鱗、毒花の一族を捜している銀嶺。

分からないことばかりだけど、分からないなら聞けばいい。聞いて、もしそれで銀嶺が、親の仇と分かったなら、その後のことはその時に決めればいい。

「柊、あなたは危険だから、離れていてね。銀嶺様に聞くのは、私一人で良いわ。もし、私に何かあったら……あなたは逃げるのよ」

そういえばと千代は思い出した。花京院家の若様からもらった駿転の霊具がある。これを使えば、きっと弟だけでも逃げ出せる。

「そんなことできるわけない！　僕、姉上が生贄に捧げられた時、ずっと後悔してた。何をしてでも、行かせちゃいけなかったのにって、そう思って……」

そう言って悔しそうに、千代の着物を握りこむ。どこにも行かせないとでもいうように。

そんな柊の頑なな手を、千代は優しく握りこんだ。

「……あなたを一人残して、辛い思いをさせたわね。でも、これは私の我がままだから。あなたを巻き込みたくないの。だから、ね？　お願い」

「姉上……」

「それにね、私、信じているの。銀嶺様のことを」

そう言って千代は笑顔を見せた。そう、もう千代は信じている。

『ほーう。信じるときたか。愚かな娘よ』

突然、暗く低くしわがれた男性の声が降ってきて、千代と柊はハッと顔を上げた。

「この声……誰？」

『ここ、ここじゃ』

その声とともに、ガタンと重たいものが動いたような音がする。

音のした方をみると壺があった。一抱えほどある壺。

（そう言えば、この前ここに来た時も、この壺が動いていた……）

壺の口は依然として蓋がされ、硬くひもで縛られ、札で覆われている。

「もしかして、この壺から声がするの……？」

怯えたような、柊の声。

『そうじゃ。くく、ふふふ…』

壺から怪しげな笑い声が聞こえて、千代は警戒しながら口を開いた。

「あなたは何？　どうしてここにいるの？」

『わしは、そうさなあ。あの男にしてやられた被害者とでも言っておこうか』

「被害者？」

『そうだとも。あの男は様々なものを騙して生きておる。わしも奴に騙された口よ』

楽しげにそう語る壺に、千代は眉根を寄せる。

いぶかしんでいることを察したのか、壺はふふふと笑い声をあげた。

『疑っているようじゃのう。わしの言うことが正しいかどうか、確かめてみるといい。今、あの男が何をしておるか、そなたら知っているか』

毒花の一族を捜しに出ているのは知っている。けれど、どこで何をしているのか具体的には分からない。

『あの男は、女のところに向かったぞ』

「……え？」

壺の言葉に千代は目を丸くさせた。

『お前が最も恐れている、あの美しい女のところだ』

その言葉を聞いてすぐに彼女の顔が浮かんだ。

「……万里子様の、こと？」

千代がそう言うと、壺がくくと笑い声をあげる。

『そうだとも。その女のもとに行っている』

「そんなこと、あり得ないわ」

だって、万里子に会った時、銀嶺は無反応だった。他の人たちのように万里子に心酔しているようには見えなかった。

『わしが嘘をついているかどうか、確かめてみるか？』

「確かめるって……」

『何、ちょっとこの蓋を開けてくれれば、わしが見せてやろう』

「……そんな言葉、信用できるわけないわ」

『ふーむ。疑い深い女だ。では、札を一枚だけとれ』

「札を一枚？」

『そうだとも。一枚だけだ。そうすればあの男の正体をみせてやる』

「……分かった。一枚だけだな」

そう請け負ったのは、隣で話を聞いていた柊だ。

「柊！」

今にも札を一枚はがそうとする柊の手を千代が止める。

「でも、姉上を納得させるにはこれしかないです。あの男が、姉上を騙しているって分かれば、姉上だって……」

「でも、危険だわ」

理由はよく分からないが、その壺からは良くない何かを感じる。札を一枚だけだとしても剝がしてしまうことに抵抗を感じた。

だけど柊は、千代の手を振り払った。

そして柊は何の迷いもなく、壺の蓋を封じている札、八枚のうちの一枚を剝がした。

『あ〜、いい、いい……効くわ〜』

嬉しそうな声が壺から聞こえてくる。

だが札を剝がして起こったことといえばそれだけで、思わず固唾を呑んだ千代だったが、壺は変わらずそのままの姿だ。

ほっと千代は胸を撫で下ろした。

(札、一枚剝がしただけだものね。……でも、この壺の中には何がいるのかしら)

まじまじと壺を見つめてみるが、見たところで何も分からない。

『ようし、それでは、我の力をとくと見るがいい。あ、その前にこの壺を磨け』

少し偉そうな口調でそう言われて、柊が眉根を寄せる。

「なんか急に偉そうになったな。磨けって、なんで磨いてあげなくちゃいけないんだ」

『いいからやれ。そうせねば、見せられぬ』

壺にそう言われて柊が渋々といった様子で、自分の着物の袖を使って磨き始めた。

ただの薄汚れた壺かと思ったら、磨いてみると光沢のある滑らかな手触りの壺だった。手燭(てしょく)のわずかな光を反射して、ゆらゆらと輝く。

その揺らぎのある光を見ていると、手燭の灯(ともしび)だけを反射していたはずの壺に、違うものが映り始めた。

まず見えたのは、月。今日は満月で、壺に映る月も満月だった。そして真っ直(まっす)ぐに伸び上がった竹だ。壺に竹林の景色が映し出されていた。

「な、なんだ、これ……竹？」

壺を磨いていた柊から、驚きの声が漏れて、磨く手を止めた。

『そうだとも、これはとある場所を映しておる。ようく見ろ。他にもあるだろう？』

壺が何事か言っているのを聞きながら、千代は壺に映し出された光景のある一点をじっと見つめていた。

月明かりに照らされた竹林の中に、長い銀色の髪を靡(なび)かせてこちらに背を向けて立つ男がいる。これは、銀嶺だ。竹林に銀嶺がいる。そしてそのそばには、別の人影があった。その人影が誰なのか、千代はすぐに分かった。

万里子だ。万里子が、楽しそうに口元に手をおきながら、笑っている。

身体中が冷えたような感覚がした。

「これ、もしかして、万里子か？　それに、そのそばにいるのって、龍神……？」

遅れて柊も気づいたようだ。

『ちょうど逢瀬の時間のようだのう。ほうれ、みろ。わしの言うた通りじゃったろう。これは、幻でも何でもない。今、あやつが何をしているか、それを映し出しておるのだ』

愉快そうに笑う壺の声が不快でたまらなかった。壺には景色は浮かび上がるが、声までは届かない。楽しそうに笑う万里子の声も聞こえなければ、銀嶺が何を話しているのかも、分からない。

「龍神は、やっぱり姉上を騙してたんだ！　ねえ、姉上も……」

弟はそう言ってから言葉を噤んだ。千代の顔色があまりにも青白くて、言葉を失ったらしい。

「あ、姉上、大丈夫ですか？　顔色が……」

弟の気遣う言葉に、ハッと我に返り千代はやっと壺から視線を逸らした。

「だ、大丈夫よ。……だって、こんなの、嘘よ。この壺が勝手に見せている幻かもしれない」

なんとかそう口にして、千代は気力を振り絞って壺を睨みつける。

『諦めの悪い女じゃのう。わしに幻を見せる力はないぞう。まあ、それでも疑うなら、直接見に行ってみるか？』

「直接？」

『そうじゃ、わしを封じる札を全て剝がせばわしが連れて行ってやろう』

「何を言うかと思えば、そんなことするわけないわ。私は、あなたのことを信用していない」

『疑い深いのう。……じゃが、童のほうはどうか』

壺が意味ありげに言う。千代は隣を見ると、柊が真剣な顔で壺を見ていた。

「なあ、ここからすぐそこまで飛べるのなら、僕たちを、あの龍神から逃がすこともできるってことか？」

『もちろん。我の力を以てすれば可能だとも』

「何を聞いているの、柊！」

「だって！　龍神から逃げるには、僕たちだけじゃどっちみちだめです！　でもこの壺の力を借りたら……！」

そう言って柊が手を伸ばした。壺の蓋の部分にだ。千代も慌てて手を伸ばす。

やはり柊が少しおかしい。弟からこの壺を引き剝がさなければ、そう思って壺に触れた時だった。ちょうど壺の欠けた部分に指先が触れたらしく、わずかに痛みが走った。少しばかり指先に血がにじむ。

そして突然、ぐにゃりと視界が歪むような感覚がした。

思わず目を瞑る。

気づくと額に涼やかな風を感じた。先ほどまでのカビと埃に塗れた死臭がしない。

香るのは、竹の清涼な香り。恐る恐る目を開けると、月明かりに照らされた竹林が広がっていた。

「ここは……」

そう呟いて、立ち上がる。見たことがある光景だ。ここは、叔父一家の近くにある竹林。

『お前、稀血だったのか……！』

どこか興奮したような、驚愕の声を背後に感じて振り返る。

そこには、大事そうに壺を抱える柊がいた。

先ほどの声は、壺の声だ。

「稀血……？」

以前、銀嶺とともに見た観劇でその名を聞いた。霊力が凝縮された、特別な血のことだ。その血を一口飲んだ妖は莫大な力を得るという。

「ここって、さっき壺に映っていた場所か？」

壺を抱えた弟がキョロキョロと辺りを見渡しながら、そう言った。

「多分……これを無意識に使ったのだわ。花京院家の方から頂いた駿転の霊具」

そう言って千代は帯の中に納めていた駿転の霊具を取り出した。

『なるほどのう。お前の稀血に反応して一瞬にして移動したのか』

舌なめずりするように、壺が言う。不快に思ったが、それよりも壺が言ったことが気にかかった。

「壺に映った場所に、移動したってことは……」

ここに、銀嶺と万里子がいるはずということ。

辺りを見渡す。目に映る場所に、銀嶺はいない。だが、どこかにいるのだろうか。二人で、会っているのだろうか。

「姉上、空に昇った満月の場所から察するに、もし龍神がいるとしたら、あっちです」

柊が、片腕で壺を抱えて、もう片方を北に向けてさした。

「確かめましょう。確かめて、決めてほしいです」

柊はそう言って、千代をまっすぐ見る。

銀嶺のことを疑っている柊は、さっさと現実を見せつけて見切りをつけてほしいと、そう思っているのだろう。

「……柊。もしここに銀嶺様がいなかったら、銀嶺様をちゃんと受け入れるのよ。あなたが思っているような方ではないの」

「分かりました」

柊が頷くのを見て、千代はゆっくりと歩を進める。

少し歩いたところで、小さな崖に行き当たる。下には小川が流れていて先には進めない。だけど、その小川の向こうの少し先に、壺が見せた景色と全く同じ場所が見えた。

そして、その景色の中に銀色の髪がある。思わず息をのんだ。

距離があるため声は聞こえてこない。だが、銀嶺のそばには誰かがいて、二人で話をしているように見えた。

壺が見せた光景が、そのまま目の前に現れた気がした。

こちらに背を向けた銀嶺。そしてその傍に立っているのは、間違いなく万里子だった。

「嘘……」

どうにか絞り出したようなか細い声を出して、千代は一歩後ろに下がる。

壺の見せた通りだった。銀嶺は、万里子と会っていた。二人で、千代には秘密で。

「やはり姉上を騙してたんだ！　……許せない！」

後ろで、泣き叫ぶような声がした。振り返ると、ちょうど柊が抱えていた壺を頭上に掲げているところだった。

「だめ、だめよ！　柊！」

千代の制止の声も虚しく、柊は壺を地面に叩きつけた。

ガシャン。地面に転がっていた石にあたり、壺が盛大な音を鳴らして粉々に割れていく。

それとともに、黒いもやのようなものが壺から飛び出した。

「ははは、ははははっはー！　良くやった！　良くやったぞ坊主!!」

高笑いと黒いもやが、千代たちの上空を旋回する。

その声は間違いなく壺の中にいたものの声。壺から出た何かは、久方ぶりの自由を満喫するように空を舞うと、また地面に着地した。

そしてその姿を見て、千代と柊は絶句した。

全身を黒い鱗に覆われた大蛇。いや、宙に浮いているのを顧みるに大蛇ではなく龍といった方が適切だろう。人の何倍もある巨体がとぐろを巻いて、空に浮いている。黒い体に不釣り合いなほどに白い牙は禍々しく鋭い。顔から伸びる長い髭がそよそよと風もないのになびいている。

直接姿を見たことはなかったが、彼が残した数々の伝承を知る千代にはすぐに分かった。

壺から出てきたのは、黒龍。この地を治める荒御魂の神だ。

「な、なんで、黒龍が……」

恐怖の色を貼り付けた柊が、そう声を出す。

「愚かな坊主よ。お前には一番先にわしの栄誉を与えよう」

唸るようにそういうと、黒龍は口を開き、身を縮めて後ろに引いた。

蛇が獲物に飛び掛かるときの予備動作。

それに気づいた千代は、柊に飛びついた。飛びついたところで、黒龍から逃れられるわけがないと分かっていた。だが身体が勝手に動く。柊を守りたくて抱きしめる。

黒龍の牙が千代を抉ろうとするその時、千代は銀嶺のことを思った。

壺の中に封じられていたものが黒龍なのだとしたら、千代が愛した銀嶺は一体何者だったのか。

千代は、彼女が愛した彼の微笑みを思い出していた。

# 第五章　生贄花嫁はやっぱり食べられたい

銀嶺は、正雄らの家を再び訪ねた。当然ながら、昨日銀嶺が壊した屋敷の壁はそのまま。

空を飛んで如月邸を訪れると昨日の出来事に怯えた如月家の夫妻は、屋敷の奥へと逃げ出し、代わりに万里子という娘が近づいてきた。

父と母が怯えるので少し場所を移したいという万里子に銀嶺は頷いた。もともと用があったのはこの万里子という娘だ。そのまま近くの竹林へと向かう。

「またお会いできて嬉しいです。龍神様」

竹林の中で、銀嶺と向かい合った万里子は、そう言って上目遣いでみやった。頬を薔薇色に染め、潤んだ瞳は月明かりを反射してキラキラと光っている。

彼女にみつめられれば、どんな男もたちまち夢中になる。瞳の奥にそんな強かな傲慢を覗かせて、彼女は微笑んでいた。

とはいえ、対する銀嶺の瞳は冷え冷えとしたものであったが。

「毒花の一族のことを聞きに来た。昨日、毒花の一族の居場所を知っていると言っていたな？　どこにいる？」

銀嶺は用件だけを伝える。

毒花の一族をずっと捜している銀嶺だったが、独力での捜索に限界を感じていた。それで、昨日、如月邸を訪れた際、ついでに正雄に毒花の一族のことを聞いたのだ。神仕族ならば、何か知っていることもあろうかと思ったが、知らないと返された。なら用はないと追い払ったところ、この万里子がやってきた。

万里子は、毒花の一族の生き残りを知っていると言う。

どこにいるのか聞こうとしたところで、千代(ちよ)の声に気づきそのまま帰路につくことになったが、どうしても毒花の一族を見つけ出したい。だからこうして銀嶺は、再びここにやってきた。

「まあ、銀嶺様、そんなに焦らないでくださいませ。父も母も、大変なことになりましたけれど、私、気にしていません。だって、龍神様は何一つ悪くありませんもの。それより、こうやって会いに来てくださったことが、本当に嬉しいのです」

毒花の一族のことを早く聞きたかった銀嶺だが、返ってきた答えは銀嶺の疑問を何一つ解消しないものだった。

少々苛(いら)ついたが、どうにか堪(こら)えて口を開く。

「毒花の一族はどこにいる」

毒花の一族の生き残りを見つけ出すことは、今一番の急務だ。

アレは日に日に力を取り戻し始めている。

先日、千代がアレを封じている部屋にいるのを見て肝を冷やした。おそらく少しずつ取り戻した力を使って、千代をあの部屋に誘導したのだろう。蔵の鍵を外したのも、アレの力だ。

もう、アレを封じ続けるには限界がある。

だからこそ毒花の一族がどうしても必要で、気持ちが焦る。

「そもそももうとっくに滅ぼされた一族のはずですのに、どうして生き残りがいると思われるのですか？」

万里子の疑問に、銀嶺はうっとうしそうに目を細めた。

毒花の一族は、滅ぼされたとされているが確実に生き残りがいる。銀嶺がそう確信しているのは、実際に、銀嶺の兄弟がかの一族の毒で力を失っているからだ。

だが、そのことをわざわざこの女に聞かせるつもりはない。

「私の質問にだけ答えろ」

「けれど私はぁ、銀嶺様と、もっと違うお話がしたいですわ」

甘えるように胸に寄りかかろうとする万里子を、銀嶺が肩を押して遠ざけた。

「近寄るな」

さすがに頑なな態度の銀嶺に万里子も気分を害したのか、不満そうに唇を曲げた。

「……毒花の一族の生き残りを捜して、何をなさるおつもりなのです？」

「私がそれに答える義務はない」

「あら、つれないお方。まあ、神をも殺せる力を有する一族を見つけ出す理由なんて、一つしかありませんわね。一族を滅ぼすおつもりなのでしょう？」

何故か楽しそうに、万里子は言う。何が楽しいのか分からないが、そののんびりとした口調が、苛立たしい。

「いいから居場所が分かるなら言え」

「そう焦らないでくださいまし。何も喋るつもりがないわけではないのです。でも少しはご褒美が欲しいですわ」

「褒美、だと？」

「ええ、龍神様の質問に答える見返りが欲しいですわ」

見返り。本当に人間らしい思考だと銀嶺は思った。

銀嶺は、見返りなど求めない。与えたいものがあるならば、ただ与えるだけだ。神の祝福も天罰も、何かの見返りが欲しくて与えるわけではない。

だが、人が何かをするとき、必ず見返りを求めていることは理解している。その最たる例が、妖を神と崇める天神契約だ。

雑多な妖から守る代わりに、人は神と崇めた妖に霊力の高い人間を捧げている。

『騙された！　霊術師に追われることなく人の血肉を貪れると思うて契約してやったというのに、これではただ縛られているだけではないか！』

そう嘆いたのは、天神契約を行った銀嶺の父の黒龍だ。今は壺の中に封じられている銀嶺の父は、自由に人を襲えなくなったことを嘆いて何度もそう愚痴っていた。

ふと銀嶺は、千代のことを思った。

（彼女も、何か欲しいものがあるのだろうか）

命の恩人でもある彼女に、銀嶺は与えられるもの全てを与えてきたつもりだ。だが、千代はあまり喜んでいるようには見えなかった。唯一彼女が心から喜んでいるように感じたのは、弟の柊を連れて行こうといった時だったろうか。

もっと彼女を喜ばせたい。守りたい。愛したい。見返りはいらない。

「正直に申し上げて、千代よりも私の方が龍神様の花嫁に相応しいと思うのですわ」

千代のことを想っていたところで、万里子の棘のある言葉が響く。

最初意味が分からなくて思わず眉根を寄せた。

不快に思った銀嶺に気付いた様子もなく、万里子は話を続ける。

「龍神様の花嫁が千代だなんて、龍神様がかわいそう」

万里子の言葉に、銀嶺は表情をなくした。

「……どういう意味だ」

「どうって、分かりますでしょう？　あの子って、何かと気が利かないですし、それにどう見たって私の方がいい女でしょう？　ねえ？」

媚びたような目線を銀嶺に向けてくる。言葉にしなくても、万里子が千代を下に見ていることだけは分かった。

「いい加減にしろ」

「……え？」

銀嶺からもれた冷たい声に、万里子はぎょっと目を丸くさせる。

「聞こえなかったか。いい加減にしろと言っている」

「な、なんで、そんな怒って……」

そう言って、銀嶺に触れようとした万里子の手を、銀嶺は思いきり弾き飛ばした。

手だけを払ったつもりだが、力が強すぎたのか万里子は体ごと地面に投げ出される。

万里子はきゃあと痛々しい悲鳴を漏らしたが、それで銀嶺が動じることはない。銀嶺は、人の痛みに、感情に、基本的には疎い。銀嶺の心を動かせるのは、ただただ千代だけだ。

この女が痛みで泣いて喚こうが、心底どうでも良い。

それよりも、毒花の一族だ。

「お前の話に興味はない。聞きたいのは毒花の一族のことだけだ。生き残りはどこにいる？」

吹き飛ばされて地面に倒れ込んだ万里子に、冷たいだけの声がかかる。

今までちやほやされることに慣れきっていたのだろう。万里子は、信じられないと言いたげな愕然とした表情で銀嶺を見上げる。

しかし、銀嶺の表情は相変わらず冷たく、無機質なもの。

万里子は怒りと悔しさを滲ませて睨み上げたが、すぐに冷静な表情を取り戻した。

「そうですか。それほど毒花の一族を根絶やしにしたいのですね。でしたら、教えて差し上げますわ。毒花の一族の生き残りは……」

万里子はもったいぶったような口調でそう言うと、残忍さを感じさせる歪んだ笑みを浮かべた。

「千代と柊のことですのよ。毒花の一族の術は女にしか使えないそうですから、正確には千代だけ、ですわね」

銀嶺は微かに目を見開く。

「何？　千代が、毒花の一族の生き残り、だと？」

「そうですのよ。私の伯父が突然連れてきた女、つまり千代の母親こそが、毒花の一族の生き残りだったのですわ。でも千代の母親はもう死んでしまったから、生き残りは千代だけ。言っておきますけれど、このことを知っているのは多分、私ぐらいですのよ。千代の親が死んだ時、ちょっと屋敷の中のものを見せてもらったのですわ。だって、ほら、ゆくゆくは私のものになるのですもの、何があるか知っていた方がいいでしょう？　それでね、その時偶然、千代の母親の手記を見つけてしまったの」

無邪気に笑って言っているが、要は千代の両親の遺産に何があるか物色していたということだ。そしてその時に、偶然、千代親子の秘密を知った。

銀嶺は、万里子の話を聞きながら未だ衝撃がおさまらないでいた。千代が、『稀血』という非常に霊力の密度が高い血をもつ娘であることは知っていた。だが、まさか毒花の一族でもあったとは。

「……千代は、そのことを知っているのか？」

「多分知らないのではないかしら。毒花の一族の血を引いているなんてバレたら大変です

し、母親も千代には言っていないと思いますわ。私も千代にはそのことを教えていません
し。だって、千代が毒花の一族だと知られたら、生贄（いけにえ）にできないですもの」

万里子は、そう言ってとっておきの秘密を語る子供のように笑って見せた。

千代は自身の出自を知らないだろうと言っているが、銀嶺は違うと思った。千代は、己の出自を知っていたのではないだろうかと。

一度だけ、千代は千代らしくない奇妙な願いを銀嶺にしたことがある。

懐刀を渡して、これで首を切れと、そう言ってきた。あの刀には毒花の一族の毒が塗られていたのかもしれない。銀嶺の力を封じるために。

何故封じようとしたのか、理由は分からない。もしかしたら一緒に過ごす中で、千代は次第に銀嶺に幻滅していった故なのかもしれない。

千代は強い者が好きだと言っていた。だから強さを誇る黒龍に食べられたいのだとも。

銀嶺も、千代に嫌われたくなくてそれらしく振舞ってはいたつもりだ。

だが、銀嶺は結局のところ銀嶺だ。弱い存在で、千代が求めているような巨大な力を持つ龍神ではない。

けれども千代は、銀嶺が刀で己の首を切る前に止めてくれた。千代は優しすぎて、結局刺せなかったのだ。

銀嶺は、己の鈍感さにめまいを覚えそうになった。

当時の千代の心情を思って、胸が苦しくなる。

千代は、いつも銀嶺のことを優しいというが、銀嶺からしてみたら千代の方が何倍も優しい。何せ銀嶺は、彼女の優しさによって生かされているのだから。

銀嶺が己の鈍感さを悔いている時だった。

パキンと、何かが割れる気配がした。

これは……。

「千代……!?」

銀嶺は、駆け出した。先ほどの割れたような気配は、千代に持たせたお守り袋の中身が壊れた音だ。

「龍神様……!?」

突然駆け出した銀嶺に驚き、万里子が声をあげたが銀嶺の耳には入らなかった。

◆

黒龍の牙が千代の肌を抉ろうとしたその瞬間に、パキンと何かが割れる音がした。

それとともに牙が弾かれて、そのまま黒龍が吹き飛んでいく。

「え……？　これって……」

何が起きたのか分からず、千代は呆然として少し離れた場所に飛ばされた黒龍を見る。

このまま動かなくなってくれたらと願ったが、すぐに黒龍は大きな頭をもちあげた。

「これは……あやつの鱗か」

忌々しそうに黒龍は言う。

あやつというのは、銀嶺のことだろうか。

地面に薄汚れた紫色の布が落ちているのを見つけた千代ははっと目を見張った。

落ちていたのは、銀嶺からもらったお守り袋だ。無惨にも破れて、中に入っていたものが砕けた状態で露出している。

（白い鱗？　あれが、私を守ってくれたの？）

お守り袋の中身は、小袋にすっぽり入る大きさの白い、半透明の鱗だった。

黒龍を吹き飛ばしたのは、銀嶺が持たせてくれたあの鱗の力らしい。

それに気づいて安堵するも、しかしそのお守りはもう壊れてしまった。

黒龍は確かに吹き飛ばされたはずだが、ほとんど無傷のように見える。

「柊、柊!!」

胸に抱えていた弟に声をかけるが、弟は気を失っているのか目を瞑ったままだった。

「ははは、そう簡単には起きぬぞ。壺が割れる前からこの坊主には心を蝕む術をかけていた。坊主が心を乱し、わしの封印を解くように仕向けておったのだ」

黒龍の話を聞いて、千代は思わず眉根を寄せる。

地下室に入ったあたりから弟の様子がいつもと違うとは思っていたが、千代自身も冷静さを失っていて気づけなかった。

もしかしたら、あの時、柊だけでなく、千代にも何らかの心を乱す術をかけられていたのかもしれない。

悔しくて、唇を嚙む。

そしてふと、弟の話を思い出した。銀嶺は親の仇かもしれないという話。あれは、銀嶺が親を食い殺したのではなく、今目の前にいる黒龍の仕業なのではないだろうか。

「お前が……お前が、私の父上と母上を殺したの!?」

嚙み付くように千代が言うと、黒龍は大きな口をニヤリと曲げた。

「さあ、どうだろうのう。わしはいちいち餌のことを覚えとらん」

そう言って黒龍は楽しそうに高笑いした。

「許せない」

「お前が、許せないからなんだというのだ？　お前に何ができる。ただの非力な人間が」

悔しかった。まさにその通りだった。何もできない。千代は黒龍の言うとおり、非力だ。

けれど……。

千代は、弟を地面に横たえてから立ち上がった。

着物の帯に刺していた守り刀を取り出し、鞘を抜くと鈍く光った。

神の力を封じられる毒を塗り込んだ小さな、刃。

（確かに私は弱いけれど、自分の命と引き換えにすれば神だって葬ることができる）

覚悟を決めて、刀を黒龍に向けて睨みつける。

黒龍は、そんな小さな刃で何ができると言いたげな笑みを浮かべている。

侮りたいなら侮ればいい。死ぬことについては、とっくの昔に覚悟を決めている。銀嶺の元に捧げられた時に。

「弟には手を出さないで」

千代はそう言って、まっすぐ黒龍を見ながらゆっくりと横に進んで弟から離れる。巻き込まないためだ。

「ほう？」

「私の稀血がほしいでしょう？　弟を先に食べたら、私はその場でこの刀を心臓に刺して死ぬわ」

千代は懐刀の剣先を自分の左胸にあてる。先ほどまで余裕の表情をしていた黒龍の顔が初めて曇った。

「自分が稀血だなんて知らなかったけれど、知識はあるわ。霊力を増幅させるのよね？でも、それは生き血だからこそ意味があるはず」

目を細め、注意深く千代を見ていた黒龍だったが、ぺろりと舌なめずりをしてニィと笑った。

「なるほどのう。己の命を盾にとってこの坊主を守ろうというのか。見上げた阿呆よ。まあ、いい。今は気分がよいからそちの愚かな提案にのってやろう」

機嫌のいい黒龍を誘導して、場所を移す。できる限り弟から離したい。

震える足で何とか進んで、弟が目視できない場所まで移動すると、千代は立ち止まって胸にあてていた懐刀を下ろす。

「ここでいいのか？　まったく人間というのは、愚かだのう。そなたを食ってから、あの坊主も食うとは思わんのか？」

ひひひと楽しそうに黒龍が笑う。

そんなことわかっている。でも、千代を食べた後、目の前の黒龍は力を失うのだ。

だから怖くない。そのはずなのに……手が震えていた。

(銀嶺様……)

銀嶺と過ごした日々が脳裏をかける。

銀嶺と出会うまで、銀嶺と一緒に過ごすまで、自分の命などさほどの価値もないと思っていた。弟を守るためなら、自分の命など安いものだと、そう思うことができた。

死は、千代にとってそれほど怖いものではなかったのだ。

でも、今は怖い。

(銀嶺様があまりにも大切に扱ってくださるから。まるで自分がとても特別な存在のように思わせてくださるから)

銀嶺の温もりに触れて、もう離れがたくなってしまった。銀嶺と一緒に過ごせないことが、今の千代には何よりも恐ろしい。

「ははは、愚かな娘よのう！　さあて、さっそく稀血を啜らせてもらおうか」

残忍な声が響く。死にたくはないが、千代に逃げ道はない。

覚悟を決めた。これから先にやってくる痛みを堪えるように目を瞑った。

直後、ドンとぶつかり合う大きな音が響いた。

顔に生ぬるい液体がかかる。牙がめり込んで噴出した己の血だろうか。血生臭い。だが、何故(なぜ)か痛みがない。

恐る恐る目を開けると、目の前に銀色が輝いた。

銀色の、千代の大好きな人の銀髪がゆらりと舞った。そして、赤く染まった大きな背中。

「え……銀嶺、様……？」

右肩のあたりを黒龍に嚙みつかれながらも、黒龍が千代のところにこないようにと銀嶺が踏ん張っていた。

「きゃあああああああ！　銀嶺様!!」

思わず千代は叫んだ。

どうみても、銀嶺は右肩から胸に掛けて黒龍に喰(く)われ掛けている。

おそらく千代を庇(かば)うために、自ら身を挺(てい)して立ちはだかってくれたのだ。

「ふん」

不満そうに黒龍が唸(うな)った。それと同時に黒龍は顎にさらに力を入れたらしく、牙が深く食い込む音がする。その痛みに銀嶺がうめき声をあげた。

だがそれでも銀嶺は引かなかった。自らを食わせることで、黒龍の動きを封じている。

黒龍が千代を襲わないために。

「銀嶺様……！」

「千代……！　何故、こんなところに……」

「つ、壺に……壺に入っていた黒龍の術が、でも、私……！　それよりも銀嶺様が！」

戸惑う千代の口から出たのは要領を得ないものであったが、それでも銀嶺は頷いた。

「わかった。とりあえず今は、逃げろ……」

血の滲んだ背中で、銀嶺は後ろにいる千代に語りかける。

「ぎ、銀嶺様は？　私だけ逃げるなんて……」

「ダメだ。逃げろ、逃げてくれ……」

懇願するような響き。それでも、千代は首を横に振った。

「いやです。こんなの……ダメです！」

確かに千代とて死にたくない。だが、死にたくないと思えたのは、銀嶺がいたからだ。

絶望し、もう死ぬしかないと思っていた千代の体に気力が漲る。

刀を持つ手に力が入った。

千代は黒龍の左側に回り込み、刀を大きく振りかぶった。

「銀嶺様を離して!!」

そう叫んで、黒龍の頭の付け根の辺りに刀を振り下ろす。

刀には毒がある。あとは千代の血を飲ませさえすれば黒龍を倒せるはずだ。

だが千代の奮闘もむなしく、振り下ろした懐刀は黒龍の硬い鱗にはじかれて飛んでいってしまった。

「そんな……！」

龍の鱗の前では、千代の力など非力なものだった。

「千代……！　ぐ……あッ！」

黒龍は大きく頭を振り上げて、隙を見せた銀嶺を横に飛ばした。

飛ばされた銀嶺がぶつかった木が砕けるほどの勢いだった。

「銀嶺様！」

倒れた銀嶺のもとへ慌てて千代が駆け寄る。息はしている。だが浅い。銀嶺の衣はほとんど赤に染まっている。

「ハハ、ハハハハハ！　弱い、弱い！　実にお前は弱いのう！　あの時わしを圧倒したのはまぐれか～、それともわしに毒でも仕込んだか!?　どちらにしろ、卑怯な手を使ったことには違いない！　お前はしょせん、出来損ないの、『色なし』なのだからな！　お前のような弱者が、わしに唯一残された子供と思うと泣けてくるぞ！」

機嫌よくそう語る。

黒龍の話を聞いて、千代はハッと顔を上げ、身体を揺らして哄笑する黒龍を見やった。

（出来損ないの、色なし……？）

まさかと思った時、すぐそばにいた銀嶺の気配が消えた。

慌てて下を見ると、血だらけの衣だけを残して銀嶺がいなくなっていた。いや違う、銀嶺がいたはずの場所に、蛇がいた。

白い蛇。だけど血に濡れて、赤に染まっている。

「ハク、ちゃん……」

何が起きたのか、千代には分からなかった。どうしてここに、千代の大切な友であったはずの白蛇がいるのか。どうして傷ついてぐったりと倒れているのか。

そして、黒龍が発した『出来損ないの、色なし』という言葉がよぎる。

遅れてやっと千代は理解した。

銀嶺こそが、辛いときいつもそばにいてくれたあの白蛇だったのだと。

◆

人々に奉られて神となった黒い大蛇の妖には、八匹の子がいた。

長年、神に崇められた妖が人の住処を守るという『天神契約』に不満があった黒蛇は、自身の血を継ぐ子を増やして戦力とし、人々を襲って『天神契約』を破棄させようとしていた。

子供たちは、荒御魂の神である黒龍の子に相応しく、荒々しい性質と鋼のように硬い黒鱗に、強い霊力を持って生まれた子蛇たちだったが、一匹だけ鱗色が白いものがいた。

それが、銀嶺だ。

鱗の色が違う。それだけで、銀嶺は疎まれた。

うまれてからずっと銀嶺はお腹がすいていて、他の兄弟たちが父親のおこぼれをほおばるのをただただ眺めることしかできなかった。

順当に力を付けた他の兄弟たちは、立派な妖に育ち、父親のような大蛇に成長した。

だが、生まれてからずっと満足に霊力を摂れなかった銀嶺は、ずっと色なしの蛇のまま、弱いまま。

弱い銀嶺を、兄弟たちは虐めぬき、父親である黒龍もそれを止めるでもなく当然のことだと言わんばかりに眺めるだけ。

だが、銀嶺は、兄弟や両親を恨んだことはない。世界とはそういうものだと理解していたからだ。弱い自分が悪い。他の兄弟たちと違う色で生まれたのが悪いのだ。

転機は突然訪れた。他の兄弟たちがいなくなった。

霊力を封じられて、ただの蛇に堕ちたのだ。

父親が言うには、『毒花の一族』の仕業らしい。毒花の一族には妖力を封じる力があり、兄弟たちはそれでやられたのだと。神の力さえ封じられるその一族は、滅んでいたはずだったが生き残りがいたのだ。

自慢の息子たちを一度に失った父親は荒れた。

その怒りの矛先は、銀嶺に向けられた。

『お前のような出来損ないだけが残るとは！　お前が死ねば良かったものを！』

考えうる限りの罵詈雑言を浴び、長い尾に叩きつけられて日々を過ごし、そして銀嶺が動かなくなると遠いところに捨てられた。

銀嶺はこのまま死ぬのだと思った。

身体中が痛くて、少しも動けそうにない。全身が血と泥で汚れ、親から受け継いだ霊力もつきて、傷を治す力もない。

朧げな意識の中、銀嶺は頭上の枝の合間に見える青空を見た。

一度だけ、父親が空を飛んでいるのを見たことがある。憧れた。空を飛べたらどれほど気持ちが良いだろうと、そう思えた。

とはいえ、色なしの弱い蛇が、父親のような龍になるのが無理なことはわかっている。

でも、せめて、夢の中だけでも。

微睡に身を委ねるようにして、銀嶺は目を瞑る。

「蛇さん？」

幼児特有の甲高い声が響く。その声が思いの外に近くて、目を開けるとそこにあったはずの青空を隠すようにして、人の子が銀嶺を見下ろしていた。

「大変、なんてひどい傷なのかしら……」

泣きそうな顔で女の子は言うと、気を取りなおすように笑顔を見せた。

「ちょっと待っててね。お薬塗るから。でもその前に洗わないと……」

弱りきった銀嶺は幼子になされるがまま持ち上げられる。近くの小川に着くと、幼子は銀嶺をそのまま小川の中に入れた。

どうやら人の子は銀嶺を溺死させたいらしい。わざわざ溺死させるためにここまで運んだのかと、ちょっと恨めしい気持ちになったところでバシャリと水の中から持ち上げられた。

そして、幼子の大きな目がどこか驚いたように見開かれた。

「泥で汚れてて気づかなかったけれど、あなたって鱗が白くて……」

その言葉を聞いて、銀嶺はうんざりした。

また醜いだの気持ちが悪いだのと言われるのだろうと思った。だが……。

「とっても綺麗だわ！　私こんなに綺麗なの、はじめてみた！」

そう言って、人の子は笑った。銀嶺を見る人の子の目は、楽しそうにきらきらと光っている。

本当にそれだけ。たったそれだけだった。でも、その瞬間、銀嶺の世界は確かに変わったのだ。

親や兄弟からは蔑まれ、誰にも必要とされず、醜い白の鱗を見られたくなくて暗くて狭い穴に閉じこもっていた。弱いことは悪で、醜い自分が悪。そこに救いはなく、救われようとも思っておらず、ただただいつか消える日を夢見るだけの日々。

狭い世界で生きる銀嶺に、その日、その幼子が、大きな目で銀嶺を見て綺麗だと言ってくれた。

幼子にとっては、畦道に咲く野花を見て綺麗だねと言うぐらいの軽い気持ちだったのかもしれない。もしかしたらしばらくすれば、綺麗だと言ったことすら忘れてしまうぐらいに些細なことだったのかもしれない。

でも、その時の銀嶺にとっては確かに特別だった。

銀嶺は、ポカンと口を開いて、幼子の瞳に見入った。

眩しいばかりの青空をその澄んだ瞳に映した幼子が、あまりにも綺麗に見えて。

幼子の瞳に映るこの青空で飛べたらどれほどいいだろうと、そう思えたのだ。

それが、千代との出会いだった。

千代とはこの日以降この竹薮で会うようになった。

親を最近失ったらしい千代は、銀嶺に会いに来ては涙を流す。

親を恋しがる気持ち、周りの人間どもによるひどい仕打ち、弟を守らねばならないという重い責任感。千代の小さな身体では到底背負いきれないように見える全てを、千代は背負わねばならなかった。

銀嶺ができるのは、千代がこぼした涙をなめとるぐらい。

千代の涙には、普通ではあり得ないほどの霊力が込められていて、父親から受けたひどい傷も、千代の涙をなめとることで得た霊力ですぐに治すことができた。

千代はおそらく稀血と呼ばれる存在だ。妖がその血肉を喰らえば、莫大な力を手にできる類稀なる存在。

天神契約のおかげで、雑多な妖が人里に降りてこなくなったために、千代は他の人間と同じように暮らしていけるが、時代が時代なら妖たちに狙われて普通には暮らせなかっただろう。

この辺り一体は、銀嶺の父である黒龍の縄張り。父親の力で、千代が守られていると思うと、複雑な気持ちになった。

いつか力をつけて、千代を守れるものになりたかった。悲しい思いなど決してさせず、いつも千代が笑っていられるように。

そのためだけに銀嶺は霊力を溜めて、千代のそばに寄り添った。

だが、千代と出会ってから十年ほどが経過した頃、事態が急変した。銀嶺はそうのんびり構えていられなくなった。

美しい女性へと成長した千代は、龍神の生贄に選ばれたのだ。

「いや……龍神様の生贄花嫁なんて……いや！」

千代はそう言って涙を溢した。

（龍神の、生贄花嫁？）

銀嶺は頭が真っ白になった。

神の貢物としての花嫁のことは銀嶺ももちろん知っている。父親の黒龍が捧げられた生贄を喰らうところすら見たことがある。

他の神々が捧げられた花嫁をずっと大切にそばに置いて霊力を得ているというのに、黒龍は捧げられた花嫁をすぐに喰らってしまう。その時は満足するのだろうが、そのうちその満足感は消える。そのためいつも飢えていた。

花嫁として捧げられたら……千代もすぐに食べられてしまう。

「私、まだ死にたくない……」

その言葉に、銀嶺が千代もこれからおこる運命について知っているのだと理解した。

どうにかしたいと思った。どうにかして守りたかった。

それが、命を助けてくれた恩なのか、銀嶺の世界を変えてくれたことへの感謝なのか、理由は分からない。

ただ、もう、千代は銀嶺にとって特別で、銀嶺の全てだった。

だが、弱いただの白蛇の銀嶺に何ができる。相手は、父である黒龍だ。銀嶺に敵うわけがなかった。

だが、あきらめることもできない。

銀嶺は泣いて座り込む千代を見た。近くにいると、彼女のもつ稀血の独特な匂いに気づく。

彼女を喰らえば、莫大な力が手に入る。龍神すら倒せる力を得られるかもしれない。

それからのことは銀嶺もよく覚えていない。気づけば千代の腕に噛み付いていた。

柔肌に牙を食い込ませ、赤い血をごくりと飲んだ。

もともと霊力に飢えていた銀嶺の身体（からだ）は、千代の稀血の霊力を余すことなく吸収し、身のうちにたぎるような何かを感じた。

そうやって守りたいと思っている相手を傷つけてまで得た力で、銀嶺は黒龍を辛くも鎮めることができた。

これで、千代を生贄に捧げずに済む。

安堵（あんど）したのもつかの間、ゆっくりはしていられなかった。黒龍を封じている間も天神契約を維持しなければ、稀血を持つ千代の身に危険が迫る。

銀嶺は無理やり天神契約を黒龍から引き継いで、妖を遠ざける結界を維持することにした。霊力を相当量使用したが、千代の血を得てすでに龍へと昇華した銀嶺にとってはそれほど負担ではなかった。

そして黒龍の力を完全に封じるために、毒花の一族の情報を漁（あさ）る。すでに滅んだ一族と言われているが、毒花の一族には生き残りがいる。銀嶺の兄弟はその一族の毒で力を失っているのだから。

そうこうしているうちに、千代が生贄に捧げられるためにこちらに向かってきているという知らせが入った。

もう生贄にならなくてもいいと言い忘れていたことにやっと気づいたが、その時には千代に会えることへの嬉しさで胸が一杯だった。

側にいればずっと守れる。千代を悲しませるすべてのものを排除する力だって持っている。もう悲しい思いなどさせないで済む。

黒龍は捧げられた生贄をすべて喰らってきたが、他の神は妻として大事にするらしい。銀嶺もそうしようと思った。その発想は銀嶺の身体をしびれさせるぐらいに甘くて、抗いがたいほど力強い欲だった。

千代がきたら、まず白蛇のハクだと明かして、噛んでしまったことを謝ろう。それでずっと守ると誓う。

そうするつもりだったのに。

『その、私、強い人が、ではなくて強い神様が好きで！　ずっと龍神様のことをお慕いしていたのです！　ですから、龍神様の力の一部になれるのでしたら、本望と言いますか……！』

まさか千代が黒龍を慕い、食べられたいなどと思っているなど、銀嶺は知らなかった。

まだただの白蛇だった銀嶺の前で、食べられたくないと言って泣いていたのは幻だったのだろうか。

銀嶺の中で、千代の願いを叶えてあげたい思いと千代を守りたい思いがせめぎあう。

千代が慕う黒龍は辛(かろ)うじて生きている。封を解けば会わせることができるだろうが、その時千代は食べられてしまうだろう。千代が食べられる。いなくなってしまう。それだけはどうしてもいやだった。

だから銀嶺は、千代が慕う黒龍のふりをするしかない。するしかなかった。

そして千代に知られぬうちに、本物の黒龍を毒花の一族の力で完全に封じねばならない。

◆

「銀嶺様！　銀嶺様！」

血まみれで倒れた白蛇を見て、千代は呼びかける。だが、白蛇はぴくりとも動かなかった。

「さて、さて、それでは稀血の女でも、ゆっくりと食べようかね」

不快な声に顔を上げると黒龍が長い舌を器用に動かして舌なめずりをした。

不気味な熱を孕(はら)んだ瞳で千代を見つめ、口からはぼたぼたとよだれが溢(あふ)れている。

千代はキッと強く黒龍を睨(にら)みつけた。

親の仇(かたき)かもしれない黒龍。そして、千代をずっと守ってきてくれた銀嶺すらも傷つけた。

銀嶺があの白蛇だと分かると、色々と腑に落ちることばかりだ。

初めから千代に優しかったのも、もともと知り合っていたから。生贄になるのが嫌だと泣いたときに白蛇が千代にかみついたのは、千代の稀血を飲んで黒龍に対抗するため。銀嶺の眷属の琥珀が千代のことを『母』だと言ったのは、千代の稀血の霊力を混ぜ合わせて生まれてきたからだ。

そして、銀嶺が毒花の一族を捜していたのは、一度は倒した黒龍を完全に無害化するため。

もう千代の中にあった食われることの恐怖は消えていた。

右を見ると月明かりに鈍く光るものがあった。千代の懐刀だ。

固い鱗に弾かれて飛んでいったもの。

千代はその刀目掛けて走っていく。

「おやおや、どこへいくのかのう。子兎や」

黒龍から侮りを含んだ実に楽しそうな声が聞こえる。

千代に何もできるわけがないと高を括っている黒龍の横をすり抜け、千代は懐刀を手にした。

「何をするかと思えば、そんなもので何ができるというのだ。本当に人間とは愚かだのう」

必死に駆け出して、刀をとりにいった千代がおかしいらしい。目を三日月形に歪めて嘲笑う。

千代は刀が手元から離れないように両手で固く握りしめる。

（笑うなら笑えばいいわ。外側の鱗が硬くて刃が通らないとしても、内側なら、口の中に入りさえすればきっと通る。そうして、神の力を封じる毒を注ぎ込んでやるわ）

覚悟を決めた。恐怖はなかった。だけど少しだけ後悔があった。

銀嶺ともっと話したかった。彼が白蛇だったのなら、お礼も言いたかった。銀嶺のおかげで今があるのだと、ありがとうと、そう伝えたかった。

「さあ、喰ろうてやろう。稀血の娘」

唸るような声と共に、大きな黒龍の口が開かれた。そしてそれはそのまま千代に覆い被さろうとしたところで、目の前に人影が割り込んだ。

「ん、ぐっ……」

千代を庇うようにして現れた人影は、苦しそうな声を上げながら黒龍の下顎を片手で掴んで押し返そうとしていた。もう片方の手は、支えるように千代の背に回されている。

「銀嶺、様……」

現れたのは人型に戻った銀嶺だった。だが、霊力が足りないのか、傷を負い過ぎたのか、形は人を保っているが、肌にところどころ鱗が露出していた。

「お前、まだそんな力があったのか……しぶといのう」

くぐもった声で黒龍が言う。だが、相手が瀕死（ひんし）の銀嶺とみて、嘲るように目を細める。

今でこそ、銀嶺に押さえられているように見えるが、まだ本気を出していないのだろう。

少し力を込めれば、銀嶺など紙屑（かみくず）のように捻（ひね）り潰せるという自信がありありと見えた。

嘲りをふんだんに含んだような笑い声が響くが、銀嶺は聞こえているのかいないのか、意に介さずに千代を見た。

銀嶺の白目の部分が血で真っ赤に染まっている。

「千代……逃げ……遠く……逃げろ……」

銀嶺の口から、うわ言のように言葉が呟（つぶや）かれた。その声に覇気はなく、今こうして立っていることでさえ不思議に思えるほどに生気を感じない。

たまらず、千代の目から涙がこぼれ落ちる。もう見ていられなかった。見たくなかった。こんなにぼろぼろになる銀嶺の姿を。

千代は、そっと手を伸ばして蛇の鱗の見える銀嶺の頰に手を添える。

冷たい彼の肌を温めたくて、優しく包み込む。

「銀嶺様。私を食べてください」

千代は稀血の持ち主だ。千代を食べれば、黒龍にも勝てるかもしれない。少なくとも、千代の腕に嚙みついただけで、一度黒龍を倒すことに成功している。

ただ問題は、おそらく今意識をほとんど失っている銀嶺が、千代の稀血を口にしたらただでは済まないだろうということ。稀血の誘惑に抗えず、そのまま千代を全て食べ尽くしてしまう可能性が高い。

だが千代はそれでもいいと思った。今まで千代は銀嶺に、白蛇に、ずっと守られていた。だから、最後ぐらい自分が彼を守りたいと思えた。

(もしかしたら、あの劇で観た稀血の女性も同じ気持ちだったのかも……)

銀嶺と一緒に街に降りた時に見た劇の内容を思い出して、思わず気持ちがほころんだ。

あの時は、とても悲しいお話だと思った。だがよくよく考えれば、稀血の女性は大事な人を守ることができたのだ。悲しいだけの話ではない。

いつだったろうか。千代がまだ銀嶺を殺そうと思っていた時、彼は言った。千代に言われるまま首に刀を当てて、千代のためなら死んでもいいと。

あの時は意味が分からなかった。でも、今なら分かる。千代もそうだ。銀嶺のためなら死んでもいい。

「逃ゲロ……、逃げロ……」

銀嶺は、千代の食べてという言葉に反応できていなかった。もう意識がほとんどないのだ。

意識がない中、ただただ千代を守りたいという思いだけで動いている。

健気(けなげ)な彼がたまらなく愛(いと)しくて、悲しくて、千代は顔を寄せて踵(かかと)を浮かせ、銀嶺に口づけをした。

初めての口づけだった。血の味のする口づけだった。

口づけをする前に、千代は自分の舌を噛(か)んだのだ。そこから溢れた血を、稀血を、銀嶺に飲ませるために。

変化はすぐに訪れた。赤く濁っていた銀嶺の瞳に光が戻る。

無意識のうちに貪るように千代の舌を、稀血をなめとっていた銀嶺だったが、そのうち我慢できなくなったのか、口を大きく開き牙を立てた。

食べられる。千代はそう思った。

それでもいい。

そう思って微笑(ほほえ)んだところで、銀嶺は乱暴に千代を突き放した。

千代は小さく呻(うめ)いて、尻餅をつく。

「お前たち、何を……!?」

二人の様子を見ていた黒龍が慌てて声を上げた。

それに反応した銀嶺は、黒龍の顎を掴んでいた手に力を入れてそのまま横に払う。人型の銀嶺と比べて五倍はあろうかという龍が横に軽々と吹っ飛んでいった。

黒龍は横に吹き飛ばされた先にあった大きな岩に頭をぶつけ、盛大な音を響かせて倒れた。ぶつかった岩が、割れている。

「千代……！　なんてことを……！　あと一歩で私は千代を喰らうところだった！」

怒りと戸惑いをこめて銀嶺がそう言って、口元を手の甲で拭う。千代の稀血は、銀嶺の傷すら癒したようで、鱗がかった傷だらけの身体がいつものなめらかな白肌に変わっていったが、顔色は蒼白だ。

一歩間違えれば、千代を喰らっていたかもしれないという恐怖がそうさせたのだろう。

「わかっています。でもそれよりも今は、黒龍です」

そう、これで終わりではない。相手は神なのだから。これしきのことで倒れるわけがないのだ。

黒龍は、頭を強く打ったせいでまだ立ち上がれないでいる。どうにか頭をあげていたが、どこかふらふらしていた。そんな黒龍を見て千代はさらに声をかける。

「銀嶺様、これをお使いください！」

懐刀の柄を銀嶺に向けて差し出す。

無理やり血を飲ませた千代に思うことはあるようだが、まずは黒龍のことをどうにかするということで意見は一致したらしい。銀嶺が、刀を取った。

非力な千代では黒龍に傷一つつけられなかったが、銀嶺ならばきっと。

◆

千代は何も言っていなかったが、おそらくこの刀には毒花の一族の毒が塗り込まれているのだろう。

万里子から千代の素性を知った銀嶺はそう思って、千代から受け取った懐刀の柄を強く握る。

「おのれ、小癪なことを……」

ぶるりと頭を振って、黒龍が起き上がる。

恨めしそうに銀嶺と千代を睨みつけたその顔に侮りはない。

チロチロと舌を出しながら、いつ銀嶺らに飛び掛かるかタイミングを計る。

千代の稀血を飲んだことで銀嶺の気力は回復していた。霊力は、以前黒龍を鎮めた時よりも漲っている。

力関係で言えば、形勢逆転と言ってもいい。だが、黒龍は狡猾だ。

銀嶺よりも長く生きていた分だけの底知れなさがある。

銀嶺は背中に千代を庇いながら油断なく黒龍を睨み据えた。

最初に動いたのは、黒龍だった。

真っ直ぐ銀嶺の元へ、いや、後ろで庇っている千代のもとへ向かってくる。千代を喰らって、霊力を得ようとしてのことだ。

それは予想していたことで、銀嶺は千代を抱えたまま横に避ける。空振りとなった黒龍は、銀嶺の横をすり抜けようとするが、長大な身体は避ける時に隙を生む。

銀嶺は、横を通り抜けようとする黒龍の体に、力一杯、千代の懐刀を刺し入れた。

千代の力では黒龍の鱗を突き破ることはできなかったが、稀血を飲んだ銀嶺にならば鱗ごと貫くことは容易。刺したまま銀嶺はしっかりと刀を掴む。

「ぐがあああ」

黒龍の胴が、魚を捌くかのように切れていく。

千代を襲おうとして飛び出したその勢いが、そのまま自らの体を割いているのだ。

苦しげなうめき声を上げるがどうにか体勢を整えとぐろを巻いた状態で宙に浮き、銀嶺を忌々しく睨みつけた。

その体から、ぽたぽたと黒龍の血が落ちている。が、致命傷ではないらしい。黒龍の巨体からすれば、懐刀で作った傷など、かすり傷のようなものなのかもしれない。

だが、そのことに銀嶺は少しばかり動揺した。

（おかしい。毒花の一族の毒が効いていない？）

確かに怪我はしているが、未だ妖力で宙に浮いており、尚且つ巨体を維持している。

黒龍は、銀嶺たちの周りをぐるぐると回りまた襲いかかるタイミングを計りはじめた。

（量が足りないのか？　もう一太刀浴びせれば、きっと……）

銀嶺は改めて刀を構える。

「武器を取ったと思えば、わざわざそんな小さな針でわしに挑むとはのう。言っておくが、そのようなものではわしの体は傷つけられぬぞ」

黒龍が笑いながら言う。黒龍の強がりというわけではなく事実だ。先ほどつけた傷もすでに塞がり始めていた。

「大丈夫です。銀嶺様。あとは私にお任せください」

銀嶺の腕の中で守られていた千代がそう言った。しかも銀嶺の側から離れようとしている。

「千代……！　何を言っているのだ!?」

銀嶺は慌てて前に出ようとする千代を引っ張り抱き込んだが、その隙を黒龍は逃さなかった。

旋回してから勢いをつけて、口を開いて再び千代の元に襲いかかる。

千代を抱いて地面に転がりなんとか避けたが、黒龍の追撃は素早く狡猾。

黒龍の長い髭が、するりと伸びて千代の目の前にきた。そして髭と思われたそれは、先端だけ蛇の形となって千代目掛けて口を開く。

千代は咄嗟に腕を出し、黒蛇はその細腕に容赦なく噛みついた。

思わず痛みに呻いた千代に気づいた銀嶺が、慌てて小さな蛇を手刀で切り倒したが……。

「ふふ、ははは！　稀血！　これほどとは！」

高笑いが響いた。

地面にとぐろを巻いた黒龍が、顔を天に向けて笑っていた。

そこにいる銀嶺のことなどもうすでに気にも留めていないかのように、悦に入った顔で上だけを見ている。

稀血による強大な霊力を手に入れた自分に、銀嶺などもう取るに足らぬとでも言いたげな態度だ。

「ほんの少し、ほんの少し噛み付いただけで、今まで味わったことのない力の流動を感じたぞ……！」

恍惚(こうこつ)の表情を浮かべる黒龍を、銀嶺は険しい顔で睨みつける。

が、その銀嶺の肩に千代が優しく手を置いた。

「大丈夫です。銀嶺様。もう、終わりました」

哀れなものを見るような目で黒龍を見ながら、千代がそう言った。

「それは、どういう意味だ？」

千代の意図が読めず銀嶺が尋ねた時に、異変に気づいた。

高揚感に酔いしれるように高笑う黒龍の身体が、どんどん小さくなっている。

それに合わせて、低く威厳のあった声すらも妙に甲高い音に変わっていく。

稀血に酔いしれていて黒龍は気づいていなかったが、しばらくして自身の異変に気づいたらしい。

どんどん小さくなる己の体を見て、目を見開いた。

「な、ななんで、わしの身体が……!?」

キョロキョロと自身の体を見下ろすも、もう手遅れだった。

黒龍はただ驚き慌てふためきながら、ただの小さな黒蛇に姿を変えた。

あまりのことに呆然と眺めていた銀嶺だったが、ただの蛇に戻った黒龍が慌てた様子でどこかに行こうとしているのを見て、その頭を片手で摑み捕らえた。

怯えたように目を見開き、逃れようと身体をくねくねと動かすが、ただの黒蛇となった黒龍に逃れられるわけもない。

「これが、毒花の一族の術か……」

銀嶺は感嘆しながらそう言うと、握り潰すかのようにして手に力を入れた。銀嶺の手の中で黒蛇は跡形もなく消えたのだった。

# 第六章　あなたのためなら食べられても構わない

銀嶺（ぎんれい）の手の中にいたはずの黒蛇が消えていったのを目の当たりにして、千代（ちよ）は目を丸くさせる。

「黒蛇は一体どこへ……？」

「私の体内に取り込んだ。これで……脅威は完全に去った」

ほっとしたように銀嶺が言うと、千代を見つめる。

優しく目を細めて微笑（ほほえ）む銀嶺が、血や泥で汚れているはずなのにあまりにも美しく見えて千代は息をのむ。

「そなたのおかげだ」

そう言って銀嶺が、千代の頬に触れようと手を伸ばし、しかし途中で怯えるようにして止まった。

視線の先を見ると、千代の前腕。そこには、さきほど黒龍にかまれた痕があった。とはいえかなり小さなものだ。うっすら赤くなってはいるが血も止まっている。

だが銀嶺は自分事のように痛々しそうにして眉間にしわを寄せる。

「痛いか……？」

大事そうに千代の腕を取り、本当に悲しそうに傷痕を見るので、千代は思わず片方の手で傷口を隠した。

「いえ、小さな傷です。少しも痛くはありません。それに、私は嚙(か)まれようと思っていたので」

「嚙まれようと？」

銀嶺が怪訝(けげん)そうに目を見開く。

「はい。私は、毒花(どくばな)の一族の娘です。神の力さえも封じることができる毒を作り出せる一族」

ようやく話せた自分の素性。千代はほっと安堵(あんど)するような気持ちのまま、話を続ける。

「神を封じる一族の秘伝の毒を体内に取り込んだ者が、一族の娘の生き血を飲むことで術が完成するのです。先ほど銀嶺様にお渡しした懐刀には、一族の毒が塗り込めてありました。その刀で黒龍の体を傷つけたことで、術の第一段階は完了し、あとは私の生き血を飲ませるだけだったのです」

「……それでわざと、嚙まれたと？」

「はい」

「なんて無謀なことを！　今回は少し噛まれただけで済んだが、場合によっては腕ごと食われていたのかもしれぬのだぞ！」

「……腕の一本ぐらいなら、良いと思っていました」

「何を言って……」

「銀嶺様が以前おっしゃっていましたね。私のためなら死んでもいいと。私も同じなのです。銀嶺様のためならば、腕の一本を失っても構わないと、いいえ、死んでも構わないとそう思ったのです」

千代が本心を告げると、銀嶺は悲しそうに首を横に振る。

「千代……。だめだそんなこと。私のためにそのようなことをしてはならない。……私は一度、そなたを裏切った男だ。そなたをどんなものからも守ると誓っていながら、そなたを傷つけたというのに」

「え……」

銀嶺に言われたことが意外過ぎて、何を言われているかわからなかった。傷つけられた？　銀嶺に？　正直、そんな記憶はない。

「傷つけられた覚えは、ないのですが……」

「いや、傷つけた」

そう言って銀嶺は、千代の左手を取った。そして、親指で優しく、白くて柔らかい前腕の内側を撫でる。

そこには、うっすらと噛み痕が残っていた。かつて白蛇にかまれた傷だ。黒龍に噛まれた傷痕よりも大きいが、もうほとんど目立たなくなっている。

それに気づいて、千代ははっと口を開いた。

「いえ、こんなの、傷ついたうちに入らないです！」

千代は慌てて否定するが、銀嶺の苦しげな顔はそのまま。

「私はそなたを噛んだ。長年一緒にいることで、そなたが稀血であることは知っていた。だから、その血を飲んで力を得ようとしたのだ。黒龍を倒すために」

壺に封じられていたのが黒龍で、銀嶺の正体が白蛇だと分かった時に、そうなのだろうと思ってはいた。

銀嶺があまりにも辛そうに告白するので、千代も胸が苦しくなる。

白蛇に噛まれた時、確かに千代は驚いたし、悲しくもなった。だけど、それはその時の一時の感情で、噛まれたことも傷痕も、その後気にすることはなかった。そういうこともあるだろうと、そう思うだけだ。

だが、銀嶺の話しぶりを見るに、銀嶺はずっとそのことを気にして己を責めていたのだろう。

こんな些細(ささい)な傷で、しかもそれも千代を守るために仕方なく傷つけたに過ぎないというのに、これほど悲しそうな顔をする銀嶺に千代は切なげに目を細める。

なんと声をかければよいのだろう。どれほど千代が気にしていないと言っても、銀嶺には伝わらないような気がした。でも何か言わねばならない。銀嶺がこれからもずっと己を責め続けるのが、悲しくてたまらなくて……千代はそっと手を伸ばした。

少しかがむようにして千代の傷痕を見ていた銀嶺の頭は、とても抱きしめやすい場所にあった。

後頭部に手を回し、そのまま自分の胸元へと引き寄せる。

「ち、千代？」

突然抱きしめられた形の銀嶺から困惑した声が聞こえる。

「……馬鹿な方」

思わず千代の口からこぼれたのはそんな言葉。声は愛(いと)しさに震えていた。

「こんな傷、本当に気になりません。でも何度言っても、銀嶺様は自分を責め続けそうだから……私の鼓動を聞いてくださいませ」

最初こそおろおろしていた銀嶺であったが、千代にそう言われておとなしく抱え込まれる。

「何の音がしますか？」

「千代の、心臓の鼓動がする」

「落ち着きますでしょう？　母上がね、泣いている私を慰める時いつもそうしてくださったの」

「……落ち着く」

銀嶺の声に穏やかさが戻って、千代はほっと胸を撫でおろす。

「銀嶺様が私を守ってくださらなかったら、この鼓動ももうとっくに止まっていたはずなのです。銀嶺様は確かに私を守ってくださった。それなのにそんなご自身を責めて私に許しを請うなんておかしなこと。私が銀嶺様に感謝を捧げることはあっても、責める気持ちはありません」

「千代……」

銀嶺はそう言って、顔を上げる。

そして千代の頬に手を添えた。

「何故、そんなに優しくしてくれるのだ？　私が、龍神ではなく、白蛇と分かって落胆しただろう？」

「え？」

「強い神だと思っていたのに、その正体が、ただの弱く小さな白蛇なのだと知ったのだ。しかも私は、そのことをずっと隠していたような卑怯者だ」

銀嶺にそう言われて、千代ははっと目を見開いた。

「そういえば、どうして銀嶺様はお隠しになられたのです？」

今思えば、銀嶺が白蛇だと最初から分かっていたらむりやり食べられようとはしなかった。

「本当は、再会したときに言おうと思っていたのだ。私は千代の白蛇だと。そして噛んだことを謝ろうと思っていた。だが、再会した千代は強いものが好きだと、龍神の生贄として食べられることが、何よりの望みだと……そう言っていた。それを聞いて、卑怯な私は何も言えなくなってしまった」

「……あ」

千代は、どうしても食べられたくて適当に言ってしまった内容を思い出し、思わず声を上げた。

「すまない。千代の望みを壊したのは、この私だ。だが、千代がどれほど黒龍の贄として食われることを希おうと、私はそれをみすみす見過ごすことなどできない」

苦しげに気持ちを吐露されて、千代のほうが申し訳なくなった。

あれは、千代のその場しのぎのウソなのだから。千代は慌てて口を開く。

「ま、待ってください！　違うんです！　あれは一族の毒とともに私の生き血を飲ませて神の力を失くそうとしただけなのです！　あの時は、銀嶺様が恐ろしい黒龍だと、そう思っていて、だから、私つい嘘を……」

千代が話した内容が信じられないのか、銀嶺の目が開かれている。申し訳なくなって千代は頭を下げた。

「ごめんなさい。謝るのは私のほうです。銀嶺様、私は、銀嶺様が思うような心優しいだけの女ではないのです」

ずっと言いたかったことを言えた、やっと真実を。謝ることができた。

これで銀嶺を怒らせても構わなかった。怒って、千代を責めていい。当然のことだと思えた。

「……そうだったのか」

銀嶺がそう言うと、千代の顔を上げさせた。

「謝らなくていい。おかしいと思ったのだ。あの時は、死にたくないと言っていたのに、いざ再会してみれば食べられたいなどと言うものだから」

おかしそうに笑って銀嶺は言う。あの時というのは、千代が白蛇に向かって生贄になったことを嘆いた時のことだろう。

「あの、本当に、申し訳ありません」

「いや、察しの悪い私の落ち度だ。でも、そうか……良かった」

心底安堵したようにしてそうこぼすので、千代は首を傾げた。

怒られることは覚悟していたというのに、銀嶺に怒る気配はみじんもなくそれどころかどこか嬉しそうだ。

「……少なからず嫉妬していた。そなたが慕う黒龍に」

苦笑いをうかべて銀嶺がそう言うので、千代は目を見開く。

「嫉妬って……」

戸惑う千代の顔に、銀嶺の顔がゆっくりと近づいてくる。唇が近い。

「分かるだろう？　私は千代を愛して」

「龍神様ぁあああ！　こぉんなところにいらしたのですね！　突然どこかに行ってしまわれたから私とっても怖かったのですよぉ」

今にも口づけが落とされようとしたところで、若い女性の声が響いた。

むっと眉根を寄せて、うっとうしそうに銀嶺が顔を上げて振り返る。千代も視線を向けると、そこにいたのは万里子だった。

笑顔で手を振りながらこちらに向かってきている。

銀嶺にしか気づいていない様子の万里子だったが、近づくにつれて側に千代がいることに気づいたらしい。怪訝そうに眉を吊り上げた。

「あら、なんであなたがここにいるのかしら？」

銀嶺に呼び掛けた時とは全く違う不快そうな顔で、千代に問いかける。

千代は、思わずはっと息をのんだ。そういえば、銀嶺は万里子と二人で会っていたのだ。

「私は……」

と千代が答えようとしたが、もとから万里子は千代の返答などどうでもよかったのだろう。千代から視線をはずすと笑顔に切り替えて甘えるように銀嶺の腕に触れた。

「それよりも銀嶺様、どうされたのですか？　お召し物が乱れていらっしゃるわ……！」

かわいらしく口を丸めて驚くと、今にもこぼれそうな大きな瞳で銀嶺を見上げた。

そして、再びきっと千代を睨み上げる。

「千代、あなたね。龍神様をこんな風にしたのは！」

思いがけない非難を浴びて千代は目を見開く。

「あなたに離縁を言い渡した龍神様に、いやしくも抵抗したってところでしょうね」

ふんと鼻を鳴らして、すべて存じ上げてますといった顔でそう語る。

「り、離縁？」

「そうよ。だって、龍神様は私をお選びになったんだもの。だから、不要になったあなたは捨てられたのでしょう？　それなのに、こんなになるまで暴れて、はしたない。自分の身の程をわきまえなさい」

得意げにそう語ると、うっとりと銀嶺を見上げた。頬を染め、瞳は潤み自分に酔いしれている。

「ねえ、龍神様？」

万里子がそう言って、にこりと笑いかけると……。

「私と千代が離縁？　何を馬鹿なことを。そんなことあるわけがないだろう」

「そうそう……え？」

途中までは得意げに相槌を打っていた万里子だったが、龍神の言っていることが自分の思っている内容と違うことにやっと気づいたらしい。

ぽかんと目を丸くさせた。

「それになれなれしく私に触れるな」

しかも腕に手を置いた万里子を、銀嶺が汚いものがそこにいるかのように払いのける。

「えっ！　な、なんで……!?」

銀嶺に退けられて倒れはしなかったが後ろに二、三歩ほどふらついたように下がる。

信じられない、と言いたげな瞳で銀嶺を見るのをよそに、銀嶺は千代と向かい合う。

「すまない、千代。邪魔が入ったようだ。屋敷に戻ろう」

「えっと、私は、いいですけど……」

千代は戸惑いながら、万里子を見る。

千代としては、銀嶺と万里子が二人で会っていたのを見ている。何のためだったのか。

このまま万里子を置いて去ってもいいものなのか。

「銀嶺様は、先ほどまで万里子様と会っておられたようですが、何かご用があったのではありませんか？」

意を決して問いかけてみると銀嶺は何てことないという顔で口を開く。

「ああ、実は毒花の一族のことを聞くために会っていたのだ。黒龍を封じるために必要でな。だが、もう用は済んだので問題ない」

毒花の一族を捜していた銀嶺の真意は、やはり黒龍の力を完全に封じるためだったらしい。

「ちょっと！　どういうことですか！　龍神様！　私、お伝えしましたよね！　この女は!!　毒花の一族！　神に仇なす一族ですよ！」

万里子が目を血走らせながらそう叫ぶと千代も目を見開いた。

「万里子様、私が毒花の一族の娘だと知っていたのですか？」

「ええ、そうよ。あんたの両親が死んだあと、どれぐらい遺産が残ってるか確認するためにちょっと屋敷に入ったのよ。そしたらあんたの母親の手記を見つけたの。そこに書いてあったわ」

万里子の話に、千代は思わず絶句した。

亡き母親の手記。それは、ずっと千代が捜していたものだ。

「何？　なんか文句あるの？　どうせ私たちのものになるんだから別にいいでしょ？」

「待って……その手記はどうしたの？」

「もちろん処分したわよ。燃やしたわ」

「……え？　処分って、それは母上のものでしょう!?　それを勝手に処分したの!?」

「は？　うすのろの分際でなに怒ってるの？　だって、あんなものがあったら、いつかあんたが毒花の一族だってばれちゃうかもしれないじゃない。そうなったら生贄にできないし……」

と万里子が何かを言い終わらないうちに、パシン、と軽快な音が鳴った。

千代が、万里子の頬を打った。

「ななな！　お前！　私を叩いたわね！　この私を!!」

「ええ、叩いてやったわ！　前からそうしておけばよかった！　あれは母上が、私のために残してくれたものなのよ！　それなのに！」

「はあ？　うすのろのくせに!!」

万里子は、顔を引きつらせてそう怒鳴ると、右手を掲げた。千代をぶつためだろう。

だが千代が打たれるぎりぎりで、止められた。銀嶺が万里子の手首を握ったからだ。

「龍神様、何故とめるのです!?　この女は毒花の一族の女ですのよ！　龍神様だって、一族の生き残りを殺すために捜していたのでしょう？」

哀れっぽく万里子は銀嶺を見上げるが、銀嶺は万里子の手を乱暴に払い落として冷ややかな視線を送る。

「違う。黒龍を封じるために捜していたにすぎない。それにこの私が、愛する千代を害するわけがないだろう」

そう言って、万里子を見る目とは違う明らかに甘さの含んだ優しい目を、千代に向ける。

「千代、大丈夫か？　痛くないか？」

万里子の頬にぶつけた千代の手を見て心配そうにそう尋ねる。

「頭に血が上って、思わず……」

そう言って、千代は右手を胸元に持っていく。人を叩いたのは初めてだった。少しだけ冷静になって、今更手が震え、じんじんとしびれる。

でも後悔はしていなかった。

「な！　なんで!?　叩かれたのは私よ!?　龍神様はなんでそんな女にばかり構うのよ！　おかしいでしょう！　そんな女より、どう見ても私のほうが……！」

「いい加減黙れ」

冷たい言葉が場を支配する。冷ややかな視線が万里子を捕らえる。

今まで強気でいられた万里子だったが、びくりと肩を震わせた。

「お前は確か、神仕族だったな？　知っているぞ、神仕族は神に仕える人族の階級だ。そして神は、神仕族の者をその階級から除名することができたはず」

「え……？」

淡々と銀嶺が語るにつれて、万里子の顔が強張っていく。

「そなたら一家には、のちに除名処分の勧告を行う。心して、待て」

「な、なんで、なんで。まって、まって……！　それって私が、神仕族じゃなくなるってこと？　そんなの困るわ！　これからどうやって暮らしていけばいいの……⁉」

慌てて銀嶺にすがろうとするも、彼の目はずっと冷ややかなまま。

「そんなもの自分で考えろ。……これまでの千代に行った非道を悔やみながらな」

「そんな……！　いや、いやいや……！　お許しください！　龍神様！」

慌てて倒れこみ、地面に額(ぬか)ずきながら万里子はそう懇願する。

涙ながらに訴える万里子を千代は複雑な面持ちで見下ろした。

もし今、万里子が、銀嶺ではなく、千代の目を見て謝ってくれたら許してしまうかもしれない。

哀れな万里子を見てそう思った。だけど、万里子は千代のほうを見はしなかった。彼女にとって、千代とはそれだけどうでもいい存在なのだろう。もしかしたら今になっても千代に悪いことをしたなどと、微塵(みじん)も思っていないのかもしれない。

「さて、戻ろう、千代。すこし肌に泥がついておる。清水で拭おう。もちろん、土で汚れていたとしてもそなたが美しいことには変わらないが」

泣きわめく万里子の声などまったく意に介していない様子の銀嶺の声が、頭上から聞こえる。千代は頷(うなず)いた。

「少し離れた場所に弟を寝かせております。弟も一緒に」

「わかった。では弟とともに帰ろう。私たちの家に」

そう言って、銀嶺はふわりと千代を抱き上げた。そのまま宙に飛ぶ。眼下には、涙を流しながら絶望の眼差しでこちらを見上げる万里子がいた。

だけどもう、千代は彼女に慈悲を掛ける気にはなれなかった。


屋敷に戻ると突然いなくなった千代たちを心配していた琥珀が待っていた。

千代の無事を確認するとほっと息をつき、意識を失ったままの弟を預かって寝室に連れて行ってくれた。

千代と銀嶺は、身体を清めるために屋敷の裏にある泉へと向かう。

先ほどまで、銀嶺におぶさって空を飛んで移動していた。今日はずっと気を張っていたからか、それとも慣れのためか、酔わずに済んだ。

とはいえ、今日は色々なことがあり過ぎて、身体は悲鳴を上げている。

銀嶺は千代を泉のほとりに座らせると、清水を汲んでくると言って、湧き水がある場所へと向かった。

千代は呆然としながら、銀嶺を目で追う。

正直、いまでも少しだけ信じられない。銀嶺が、まさかあの白蛇だったとは。

「千代、これで拭くと良い」

　そう言って、銀嶺が冷たく濡れた白い手巾を渡してきた。

　外はもう暗い。月明かりだけが頼りだが、今日は満月で十分に明るく、銀嶺の美しい黄緑色の瞳が良く見える。

　そういえば、白蛇の瞳も確かに黄緑色だった。

　辛いとき、悲しいとき、いつも寄り添ってくれた小さな白蛇を思い出して思わず口がほころぶ。

「ありがとうございます」

　千代はそう言って手巾を受け取る。自分の顔を拭こうかと思ったが、銀嶺も土や血で汚れていることに気づいた。

　千代はそのまま腕を伸ばして、濡れた手巾を銀嶺の頬に当てる。

「千代……？」

　驚いたように目を丸くする銀嶺が、愛おしくてたまらなかった。

「銀嶺様のほうが、汚れていらっしゃいます。拭いて差し上げます。私の隣に座ってくださいませ」

　千代に言われて、銀嶺も隣に腰を下ろした。千代は銀嶺の顔についた土や血の汚れを綺麗に拭っていく。

「こうしていると、なんだか昔を思い出すな」

銀嶺がそんなことを言うものだから、千代は首を捻った。昔を思い出すというが、思い当たるものがない。

「えっと、昔？　ですか？」

「ああ。そなたと初めて会った時だ。怪我をして血だらけの私を千代が拾って汚れを拭ってくれた」

瞳をキラキラさせてそう語るが、千代はあれと疑問に思った。

「私の記憶では、恐れ多くも川の中に突っ込んで、物を洗うみたいに汚れをとっていたような……」

「似たようなものだ」

そうだろうか。千代は銀嶺のとらえ方におかしくなったが、それもまた、人と少し感覚が異なる銀嶺らしい。

「汚れを取ったら、銀嶺様が本当に美しい鱗を持った白蛇だったので驚いたのを覚えています」

「覚えて、いるのか？」

「ええ、もちろんです。すごくきれいで、私は思わずそうつぶやかずにはいられなかったほどでした」

千代がそう語ると、銀嶺は信じられないと言いたげに目を丸くさせていた。どうしてそんな反応をするのだろうかと、千代は目をぱちくりさせる。

「あの、どうかされたのですか？」

「いや、そなたは私を美しいと言ってくれたことなど、すっかり忘れているものと思っていた。そなたは美しいものを見つけるのが得意だから、私のことも日常によくあることの一つとして、忘却されているだろうと……」

そう言って話を途中で止めるので、千代は不思議に思って銀嶺の顔を改めて見上げる。

銀嶺は片手で顔を隠していたが、指の隙間から見える顔色はとても赤くなっていた。

「嬉(うれ)しいものだな……」

気恥ずかしそうに、でもやっとの思いで絞り出したように銀嶺にそう言われて、千代のほうもなんだか照れてしまう。

「千代」

ぎゅっと手を握られた。自分の気持ちを自覚した今、彼に名前を呼ばれるだけで心が震える。

「ありがとう」

銀嶺のその言葉に目を見開く。そして千代の中に高ぶるものを感じて、目を細めて微笑(ほほえ)んだ。

ぽろりと、千代の目から涙がこぼれる。

「それは私の言葉です」

千代が黒龍と対峙(たいじ)して、死を覚悟した時からずっと言いたかった言葉。

「銀嶺様、ありがとうございます」

両親を亡くし、潰れそうだった時に側にいてくれた銀嶺。

ずっとずっと守ってくれていた彼に、愛(いと)しさを込めて千代はそう伝えたのだった。

# エピローグ

後日、千代の叔父一家は、神仕族から除名された。

銀嶺の命によるものである。如月家は屋敷からも追い出され、あの屋敷は本家の花京院家が管理することになった。

神仕族を除名され、家を追い出され、地位も名誉も失った叔父一家がどうなったのか、千代も知らない。

また、叔父一家を除名するにあたり花京院家の者に話を通す必要があったのだが、その際に、以前からいた黒龍の代わりに銀嶺が龍神の務めを果たしていることを知られることになった。

言わば銀嶺は、まだ神になっていない状態で、天神契約に関わる結界の維持をしていたわけである。

銀嶺によると、結界が壊れれば稀血である千代が危ないので維持しているに過ぎず、天神契約などどうでも良かったらしいが。

ただ花京院家の者に知られ、そのままというわけにもいかず、改めて天神契約を結ぶことになった。和御魂の神として。

そうして千代は、正式に誰もが羨む和御魂の神、銀嶺の花嫁になったのだった。

「実は、僕……本家の方から養子にならないかと誘われていて……行こうかと思っています」

そう突然まごまごしながら話しかけてきたのは弟の柊だ。

銀嶺と千代、そして弟の柊とで朝食をとっていた時のことである。

柊からの突然の申し出に千代は目を丸くした。

「え？　そんな！　私きいていませんよ!?」

「それは、だって今話したので。いつまでも龍神様のところで甘えるのも良くないですし」

柊はそう言うと、改めて銀嶺に向き合った。

「龍神様。よろしいでしょうか？」

柊はかしこまってそう尋ねる。

銀嶺に対して最初は素っ気ない態度だった柊だが、すべての誤解が解けた後は、銀嶺に謝り、千代もよく知る素直で礼儀正しい柊に戻っていた。

酒杯で酒を飲んでいた銀嶺は、黄緑の瞳を柊に向けた。

「ああ、お前がそうしたいならそうすればいい」

「ありがとうございます」

「だ、だから、ちょ、ちょちょっとまってください！　私の許可は⁉」

銀嶺と柊の間で話が納まりそうな気配だったので、千代は慌てて声をあげた。

「姉上はどうせだめだと言う気がしたので」

「それはそうですよ！　せっかく安心して暮らせるようになったのに」

叔父一家と離れ、銀嶺との間に生まれた誤解も解け、やっと安心して家族で暮らしていけると、そう思っていた矢先なのに。

千代はそう訴えるが、柊は頷かなかった。

「今まで、僕は姉上に甘えてばかりでした」

「別にそんなの当たり前のことです。柊は私の弟で」

「当たり前ではありません。本当は、二人で支えあうべきだったのです。それなのに僕は姉上にだけ負担を強いていました。そのことに気づいたのは、姉上が生贄に選ばれた時。遅すぎました」

千代の言葉を遮るように、柊が苦々しくそう語る。

「柊……」

「姉上が生きていると分かった時、僕は今度こそ自分が姉上を守らねばと強く思い過ぎて周りが見えず……。龍神様に対しても頑なになり、黒龍に心の隙を突かれました。本当に未熟者です。だから、少しでも強くなりたいのです」

「だから、花京院家のところにいくと言うのですか？」

「はい。霊術師として修行をつけてくださると、花京院忠勝様がお約束してくださいました。本来なら、僕も姉上も神仕族の一人として霊術学校に通わねばならぬところを、あの糞野郎一家のせいで通えませんでしたし、自分を鍛えるいい機会かと思うのです」

「でも……」

千代はそう口にして、でも先が続かなかった。

何を言っても、柊の気持ちを変えられるようには思えない。それほどまっすぐに柊は千代を見ていた。

しばらく何か言おうと口を開けたり閉じたりしていたが、千代はあきらめてため息をついた。

「何を言っても止められなさそうですね」

今までの生活環境のせいで幼く見えるが、柊も十三歳だ。

千代が何かと世話をしないと生きていけない幼子ではない。一人で歩いていける。

頭では分かっているのに、でも寂しい。

柊を守らねばならない。そう思う気持ちは確かに千代にとって重荷だったかもしれないが、その重荷があったからこそ、強くあろうと思えた。

柊が側を離れる。そう思うとなんだか心にぽっかりと穴が開いてしまったような気さえする。

ふと、優しく肩を抱かれて、そのまま引き込まれるようにして千代は銀嶺の胸にもたれかかった。

「銀嶺様……」

名を呼んで見上げると、優しく微笑む銀嶺と目が合う。

「千代には私がいる」

愛おしそうにそう言われ、銀嶺の綺麗な黄緑の瞳に吸い込まれるように見つめていると、徐々に彼の顔が近くなる。あと少しで唇が触れるその時……。

「それに新婚の姉上たちに囲まれて生活するのはさすがにきついです！」

弟の声が聞こえて千代はハッと銀嶺から離れた。

「こら、柊。空気を読まぬか」

銀嶺が不満そうに柊に言うと、柊はむすっと眉根を寄せて口を開く。

「それは僕が言いたい言葉です。わざわざ僕の目の前でそんなことしなくても良いと思います」

二人の会話を聞きながら、千代は顔を赤らめていた。

(いけない。銀嶺様に見つめられると、なんだかそのまますーっと吸い寄せられるようにして流されてしまう……)

「ご、ごめんなさい。柊。でも、あなたの気持ちは分かりました」

「やっと新婚の姉上たちに挟まれる僕の気持ち、分かってくれましたか」

「あ、そっちではなくて! いえ、もちろんそっちもだけど……とにかく!」

千代はそう言って息を吸い込むと、改めて柊を見やった。

「柊が、花京院家のところにいくのを私も応援します」

千代がそう言うと、柊が柔らかく笑った。

「ありがとうございます。姉上」

そしてまた銀嶺様のほうに視線を向けて深々と頭を下げた。

「龍神様、ご存じのとおり姉上は責任感が強いですが、責任感が強すぎて暴走するところがあります。僕のために龍神様の力を封じようとしていたという話を聞いて、肝を冷やしました。本当にすみません。そんな姉上ですが、どうかこれからもよろしくお願いします」

「ああ、もちろんだ」

銀嶺の言葉を聞いて柊は顔をあげた。

その顔はまだ厳しいまま。そして恐る恐るという表情で口を開く。

「……それに、姉上は毒花（どくばな）の一族の生き残りの上に、稀血でもあります。今は、誰にも悟られていないようですが、今後はどうなるか分かりません。どうか姉上をお守りください」

「言われなくとも千代は守る。何に代えても」

銀嶺の力強い言葉に、柊はやっとほっとしたように笑みを浮かべた。

千代が柊を守りたいと思っていたのと同じように、柊も姉である千代を守りたいと思っている。柊の少し大人びた表情からそれを読み取れた。

弟は、千代が思うよりもずっと成長している。

「それでは、僕はここで失礼します。いつまでもお二人の時間を邪魔してしまうのは気が引けますので」

そう言って柊はにっとからかうような笑みを千代に向ける。

「し、柊！　そんな風に言わないで！」

と、逃げ出すように去っていく背中に投げかけるが、柊はそのまま行ってしまった。

「まったく……」

そう不満の言葉を漏らすが、弟の成長がどこか誇らしい。

感慨深く思っていると、また肩を抱かれて銀嶺の胸の中へと引き込まれた。

「ぎ、銀嶺様！　先ほど柊にからかわれたばかりなのに！」

と声を上げて見上げると、いつもの愛おしそうに千代を見つめる黄緑の瞳。

（この瞳だわ。この瞳に見つめられると……何も言えなくなる）

「千代……」

名前を呼ばれた。

直接『愛している』と言葉にしなくとも、名を呼ぶその声に確かに愛しさを感じて、いつも千代はのぼせてしまう。

千代はゆっくりと目をつむったのだった。

お便りはこちらまで

〒一〇二―八一七七
富士見L文庫編集部　気付
唐澤和希（様）宛
桜花　舞（様）宛

本書は、カクヨムネクストに連載された「龍神様に早く食べられたいのに溺愛される話／生贄乙女の婚礼」を加筆修正したものです。

富士見L文庫

# 生贄乙女の婚礼
## 龍神様に食べられたいのに愛されています。

唐澤和希

2024年4月15日　初版発行

発行者　山下直久
発　行　株式会社 KADOKAWA
〒102-8177　東京都千代田区富士見2-13-3
電話　0570-002-301（ナビダイヤル）

印刷所　株式会社暁印刷
製本所　本間製本株式会社
装丁者　西村弘美

定価はカバーに表示してあります。　◇◇◇



●お問い合わせ
https://www.kadokawa.co.jp/（「お問い合わせ」へお進みください）
※内容によっては、お答えできない場合があります。
※サポートは日本国内のみとさせていただきます。
※Japanese text only

ISBN 978-4-04-075297-6 C0193

次回予告
黒龍の災厄を乗り越えた二人に
襲い来る新たな試練――
生贄の集う学校で
神様の花嫁修業が始まる！
カクヨムネクスト
でも連載予定！
『生贄乙女の婚礼』第2巻
著：唐澤和希　イラスト：桜花 舞
2024年秋頃、発売予定!!
2024年4月
現在の情報です。

# 侯爵令嬢の嫁入り
## ～その運命は契約結婚から始まる～

著／七沢ゆきの　イラスト／春野薫久

**捨てられた令嬢は、復讐を胸に生きる実業家の、名ばかりの花嫁のはずだった**

打ち棄てられた令嬢・雛は、冷酷な実業家・鷹の名ばかりの花嫁に。しかし雛は両親から得た教養と感性で機転をみせ、鷹の事業の助けにもなる。雛の生き方に触れた鷹は、彼女を特別な存在として尊重するようになり……

【シリーズ既刊】1～2巻

富士見L文庫

# 意地悪な母と姉に売られた私。何故か若頭に溺愛されてます

著／**美月りん**　イラスト／篁ふみ　キャラクター原案／すずまる

## これは家族に売られた私が、ヤクザの若頭に溺愛されて幸せになるまでの物語

母と姉に虐げられて育った菫は、ある日姉の借金返済の代わりにヤクザに売られてしまう。失意の底に沈む菫に、けれど若頭の桐也は親切に接してくれた。その日から、菫の生活は大きく様変わりしていく——。

**【シリーズ既刊】** 1〜3巻

富士見L文庫

# 青薔薇アンティークの小公女

著／**道草家守**　イラスト／沙月

## 少女は絶望のふちで銀の貴公子に救われ、聡明さと美しさを取り戻す。

身寄りを亡くし全てを奪われた少女ローザ。手を差し伸べてくれたのが銀の貴公子アルヴィンだった。彼らは妖精とアンティークにまつわる謎から真実を見出して……。この出会いが孤独を抱えた二人の魂を救う福音だった。

**【シリーズ既刊】** 1～3巻

富士見L文庫

流蘇の花の物語

# 銀の秘めごと帳

著／雪村花菜　　イラスト／めいさい

**「紅霞後宮物語」の雪村花菜が贈る**
**アジアン・スパイ・ファンタジー！**

美しく飄々とした女官・銀花には裏の顔がある。女王直属の間諜組織「天色」の一員ということだ。恋を信じない銀花は仕事の一環で同盟国に嫁入りすることになるが、夫となる将軍に思いのほか執着されて……。

富士見L文庫